母の教え

10年後の『悩む力』

姜尚中
Kang Sang-jung

a pilot of wisdom

まえがき

マザコンだった男でも、一人前に恋をして結婚をし、家庭を持てば、母の「呪縛」から解き放たれていくものだ。とはいえ、その過程で、マザコン男の伴侶となった妻には、さまざまな葛藤を強いることにならざるをえない。妻としては、ひとりの女、ひとりの人間として自分を愛して欲しいと思うのに、夫の母親のイメージが常に投影されるのだから、やりにくいに違いない。

他方、手塩にかけて育てた息子が、ある日突然、見も知らぬ女性を生涯の伴侶にしたいと言い出したとき、「子離れ」できない母親は、理屈ではわかっていながらも、自分が見捨てられていくようで寂しさが募るに違いない。その場合、当のマザコン男は、母親と妻の間で右往左往しているのが、大方の相場ではないだろうか。

このどこにでもありそうな、古くて新しい人間関係は、濃淡の違いはあっても、多分に母と私、妻にも当てはまる。しかし、齢《よわい》を重ねていくうちに、妻は、母の最も愛すべき「娘」になり、同時に、母は、妻の敬愛すべき「母」になっていった。

還暦を過ぎ、古希も近い歳《とし》になってから、私は、自分の心身の土台を母が形づくってくれたことを、深く体感するようになった。時にそれは、母が、私に憑依《ひょうい》しているとしか思えないほどの生々しい感覚をともなっている。人間を「歩く食道」に見立てていた母は、ある意味、立派な唯物論者だった。

「人は食べんとダメばい。食べんと死ぬとだけんね。偉か人も、そうでなか人も、金持ちも、貧乏人も、みんな口から入れて尻から出すと。そがんせんと生きていけんとだけん。だけん、三度三度、しっかり食べんと」

こうした哲学の効用か、私はこれまで大病らしきものを患ったことがない。今でも時おり、無理を重ねても、私の身体《からだ》には復元力のようなものが働き、いたって元気だ。人は喰《く》らうところのものである。

常々そう豪語していた母には、明らかに、大地の「気」とでも言いたくなるような生命力が宿っていた。母の料理を通じて、私は生命力を与えられ、また、生きた肥しにしてきたとも言える。

「人は歩く食道」であるという、身も蓋もない人間観には、人はみな平等であるという確固とした信念が息づいていた。母があれほど、人の情にこだわったのも、彼女のなかに差別に対する強い憤りが渦巻いていたからに違いない。母は常に、人間を二つの種類に分けたがった。すなわち「情のある人」と「情のない人」である。

「今の世の中、ほんなこつ、情のない人が多かけんね。人にひどかことば平気でやってふんぞりかえっとるヤツが多かとたい。お前も用心せんと。人ば簡単に信じらんごつせんと。ばってん、世の中にはよか人もおっとよ。情のある人もいるとたい。捨てたもんじゃなかけんね」

学ぶ機会に恵まれず、読み書きが不自由だった母には、圧倒的に「理」が不足していた。母は、そのハンディを、誰よりも理解していたはずだ。しかし他方で、ただの「理」だけでは、「情」に裏付けられた「知」、生きた「知恵」に劣っていると、固く信じていたのである。彼女は、事あるごとに、からかい半分で私をこう呼んだ。

「センセイ――」

それは、学問で武装された「理」だけはそなわっていても、時に「情」に疎いように見えてしまう私への、母なりの皮肉だったに違いない。言ってみれば、「情理を尽くす」ことの大切さを、絶えず、諭し続けていたのだ。


私は今、酷寒の厳しい冬が巡ってくるにしても、「高原好日」の環境のなかにいる。生々しい下界の世界に片足を置きつつ、他方で、高原の緑に身を潜め、世界を揺るがすような出来事をじっと見つめている。その距離感こそ、長らく自分が求めていたものなのかもしれない。もしかしたら、それは、母が人生の「終活」を意識し出したころに抱いていた境地に、存外、近いものがあるのではないか。

「わたしゃ、幸せだろかね、うん、幸せたい。幸せよ」

自らにそう言い聞かせていた母には、何も足さない、何も引かない、円熟の孤影が兆《きざ》していた。

いつも何かに追われるように、次から次へと心配りに忙殺され、人生のペダルを慌ただしく漕《こ》ぎ続けた母。おっとりした少女は、次第に、神経症的なこだわりに囚《とら》われ、壮年期には、躁鬱《そううつ》の激しい性格へと変貌していた。気の休まる時間など、ほとんどなかったのだろう。だが、人生の終わりの時が近づくにつれ、母は、本来の穏やかな性質を取り戻していった。もちろん、純朴な幼子に戻れるわけがない。あまりにも多くの人生の垢《あか》が、心身にこびりついていたからだ。しかし、連れ合いにも先立たれ、同じ時代の経験を共有する人びとが周囲にいなくなったころの彼女は、人生の酸いも甘いも味わい尽くした、大人ならではの清らかさに包まれていた。息子の目には、人生のもやい綱を断ち、何事にも動じない、自分だけの世界に戻っていくようにさえ映った。

亡くなる直前、母は、息子の差し出した手を、静かに振り払う仕草を見せた。

「もうよかよ、たくさん生きたけんね。そっとしておきなっせ」

文字どおり、人生を生き尽くした母は、そう言いたげに、繭《まゆ》のなかの蚕のように永遠の眠りについたのだ。

母が亡くなって以来、私は、茫然自失《ぼうぜんじしつ》、喪失と悲哀の感情で、心のなかにポッカリと穴が空いたような思いで、日々を過ごしてきた。大きな窪みが、別のもので満たされたことはない。しかし、還暦を過ぎ、母の孤影が遠景に退くにつれて、逆に、その存在が、これから歩むべき道の羅針盤のように感じられてきたのだ。時おり、私は、母の声音を真似《まね》して、そっと呟《つぶや》くことがある。

「もうよかよ、しっかり生きたけんね」

未熟者の自分は、今際《いまわ》のきわに、そんなふうに静かに堂々と、独《ひと》り言《ご》つことができるだろうか。私は今、母が身をもって示してくれた教えにならい、おのれに対しても、世間に対しても、絶妙な距離を置く場所で、白秋の終わりを過ごしている。

「人はね、裸で生まれて、裸で死んでいくと。お父さんもそうだったし、私もたい」

文字が読めなかった母が残してくれた言葉は、そして表情は、さらに言えば、彼女についてのすべての記憶は、万巻の書物以上に——ことによると、夏目漱石やマックス・ウェーバー以上に——今の私を支えている。

やがて来る冬への備えは、母にならえばいい。

目次

写真／©丸谷嘉長
章扉デザイン／MOTHER

序章　「山」に棲もう

孤独は山ではなく、街にある。孤独を癒すためにも、「山」に棲《す》もう。そう決めたものの、当初、妻からはいい返事をもらえなかった。妻は、私たちが初めて一家団欒《いっかだんらん》の住処《すみか》とした一戸建ての、猫の額ほどの庭のあるマイホームに、強い愛着を持っていたのである。

埼玉と千葉の県境、江戸川の河川敷に近い首都圏のベッドタウンで、私たちは一〇年余り、喜びと悲しみを共にしてきた。不惑を過ぎ、知命から還暦を迎えようとする期間、その家は私たち家族の喜怒哀楽を、見守り続けてきたのである。

だが、息子の死という突然の悲劇に見舞われ、私たちは失意のどん底に突き落とされてしまった。家族にとって団欒の場所は、棘《とげ》の刺さったような悲しみの塒《ねぐら》になっていたのだ。それでも、妻としては、苦楽を共にし、思い出が詰まったこの住処を、去りがたかったのである。

私も内心、去りがたい気持ちだった。悲しい思い出の場所であっても、愛するものの息遣いや匂いが残っているような我が家を立ち去ることは、その記憶そのものを消してしまうようで、抵抗感があったからだ。

しかし、私がメディアに露出する機会の多い国立大学の教授であり、またベストセラーの作者としても知られるようになると、家族の悲劇は、私たちの間だけに密封しておけなくなっていた。一部のメディアを通じて息子の死は、世の中にそのまま露出することになったのだ。そして知人から、私の家らしい家屋がネット上にアップされていると聞き、私は愕然《がくぜん》とせざるをえなかった。

引っ越そうか――。

私の提案に、妻は初め、強い拒否反応を示した。妻は、思い出の詰まった家にこだわりがあったのだ。母として、女として、失意のどん底にあっても、心の傷を癒すため、人との交流を望んでいたのである。

「いろんなことがあったけれど、ここがいいわ」

こんなやり取りを、何年にもわたって繰り返した。だが、私が移住への説得を半ば諦めかけていたころ、不意に、彼女が折れてくれたのだ。

千葉の家から車で二時間半ほど、関越自動車道から上信越自動車道へ、そして、碓氷《うすい》峠のインターチェンジで降り、冷涼な空気のなか、目にも鮮やかな緑の回廊をドライブしているうちに、彼女は「ここなら、棲んでもいい」と言い出したのである。軽井沢から旧沓《くつ》掛《かけ》（中軽井沢）、追分《おいわけ》と続く高原は、私にとっても、憧れの場所であった。一〇〇歳近くになる義母——妻の母親の終《つい》の住処が、埼玉県の熊谷市にあることも大きかった。新幹線なら、三〇分ほどで行ける距離だ。娘も海外に留学するようになり、生活のサイクルを変えるのに、ちょうどいいタイミングでもあった。ただし、妻は、ひとつだけ、譲れないという条件を提示してきた。

土いじりができること。

季節の野菜などを育て、収穫を分かち合うことで、人と人との交わりを深めたいというのである。私も大賛成。「山」に棲みたいと思ったころから、折々に土と親しみ、草花や野菜を育ててみたいと思っていたからだ。

私たちはこうして、五年前から、軽井沢から追分に通じる高原のひと隅に、居を構えることにしたのである。

東京から新幹線でほぼ一時間、駅を出てから三キロほど、それでやっと我が家に辿《たど》り着くのであるから、時間もコストも決して馬鹿にならない。でもそれだけの犠牲を払っても、私たちにはしっとりと静かに過ぎていく時間がある。それは、小さなものに支えられた、孤独の幸せを愉《たの》しむ時間でもある。

もちろん、その幸せな気分は、時とともに変化する。でもそれは、五感の心地よさや、嫌悪で激しく上下するのではない。振り幅は小さく、だが、生き生きと動いている、そんな感覚である。

＊

とはいえ、「山」といっても、旧軽井沢の周辺には洒落《しやれ》たレストランやブティック、雑貨店が点在し、だだっ広い「プリンス通り」に沿ってアウトレットの店々が立ち並び、高原には「街」の佇《たたず》まいが溢《あふ》れている。しかも、夏には国内外から観光客が押し寄せ、交通渋滞も半端ではない。その俗っぽさから、敬遠する人もいるかもしれない。

それでも、軽井沢から追分にかけて、人影もまばらな木立のなかの小径《こみち》を歩いていると、すべての邪念のようなものが消えていくようだ。木漏れ日に映える緑、鶯《うぐいす》の可愛《かわい》らしい啼《な》き声、そして若葉の芳しい匂《かぐわ》い……。五感が自然に解き放たれ、樅《もみ》の木立の間から浅間山の雄姿が見えるころには、妻も私も、うっすらと汗ばみながらも清々《すがすが》しい気分になっている。

「どっこいしょ!」と、期せずして、二人とも同じ言葉を発し、小径の脇のベンチに腰をおろす。木々の間を舐《な》めるように漂う霞《かすみ》がかかった、カラマツの木立を眺めていると、随分遠くに来たような、それでいて、とても懐かしい場所にいるようで、安らかな気持ちになる。

そんなとき、第六感のようなものが働くのか、大切な故人たちの顔がありありと目に浮かんでくる。父や母、叔父や息子、恩師や「心友」。みんな微笑《ほほえ》んでいる。少なくとも、私にはそう見える。

母が伝えたかった幸せとは、こんな感じだったのでは——。

そう思うと、不思議なことに、明日への不安は、スーッと消えていくような気がするのだ。そして、どこか突き抜けたような心地になるのである。そんな静かな覚悟のようなものが自然に湧いてくると、かつて私を感動の虜《とりこ》にしたような出来事や事件も、醒《さ》めた境地から眺められるようになるのである。

「明日はね、明日が考えてくれると。今日は今日で十分たい。何とかなるけんね」

今まさに、休戦のまま「終わらない戦争」と呼ばれた朝鮮戦争が、終結するかもしれない。そんな歴史的な転換を、私は、清らかな高原のただなかで、じっと見つめている。高原のなかの小さな住処で、四季折々の恵みに浴しながら、朝鮮半島と日本、そして、世界の行く末に、思いを馳《は》せているのだ。

「何とかなるばい！」と、思いながら。

第一章　空を見上げれば、いつでも

春の空

朝起きて、寝惚《ねぼ》けまなこですぐに視《み》るのは空の色である。

カーテンを半開きにして外に目をやると、庭の真ん中に、家の主人のように突っ立っているミズキの緑の若葉を透かすように、幾筋もの朝日が、白んだ宙《そら》を突き抜けている。春のうららかな気配を伝えるように、澄んだ蒼《あお》い空が、広がろうとしているのだ。

やがて、朝日はカーテンが半開きになった寝室の窓越しに部屋のなかに侵入し、妻の顔を捉える。眩《まぶ》しそうに、薄目をあけて妻が「いま何時なの?」と、気だるそうな声を出すのに、私は曖昧な返事をしたまま、半開きのカーテンを開け放ち、窓を開けて、外の空気を導き入れる。

清々しい、乾いた、でもどこか春の暖かさを孕《はら》んだ外気が、部屋のなかの淀《よど》んだような空気と混じり合う。

窓から首を出し、深呼吸をしてフーッと息を吐き出すと、眠気が一気に飛んでいくようだ。

他愛もない夫婦の会話は、いつも決まって空模様とともに始まり、同時にそれが一日の開始を告げている。

春の訪れから短い夏に移り変わるとき、高原の空は、一年で最も清々しく、次第に陰影をくっきりと際立たせる光で溢れていく。それは、これでもかと、まるで苦行を強いるように延々と続く曇天の空が、あるとき何の前触れもなく、その色を蒼一色に豹変《ひょうへん》させてしまうドイツの空に似ている。日差しは強い、しかし空気はさらりと乾き、光と外気は決して解け合うことなく、ムッとした暑さを感じさせることもほとんどない。


二〇代に別れを告げようとするころ、ドイツに留学していた私は、鉛色の空をただ恨めしく思い、心がジンジンと侘《わび》しくなる気持ちを持て余しながら、ひたすら春を待った。

冬の空のなかに春の空をイメージし、それを楽しむ。そんな余裕など、まったくなかった。だからなのか、「青銅の襁褓《むつき》」のなかに閉ざされていた心は、心待ちにしていた時が訪れた瞬間に、その華やかさに圧倒され、むしろ捻《ひね》くれて、春を残酷な季節だとさえ感じてしまったのだ。

当時のドイツは分断国家とはいえ、繁栄を謳歌《おうか》し、晴れがましいほどに、人びとの顔は輝いて見えた。一九七〇年代の初頭、生まれて初めて訪れた父と母の国、韓国と比べれば、西ドイツの豊かさや解放感は、天と地との開きがあるほど際立っていた。ただ、繁栄に満ちた西の分断国家の平和を心底、羨ましいと思いながらも、私の心のなかから、ザラザラとした違和感が消えてなくなることはなかった。

確かに、七〇年代後半のドイツは、空前の繁栄の余韻に浸りながらも、分断国家のくびきのなかで、東西対立が「ラインの奇跡」に暗い影を落としていたのである。それは、目を凝らして、社会の深部まで見透《みとお》さなければ、決して見えることのない影だった。

実は、当時、極左的なテロリスト集団である「バーダー・マインホフ・グルッペ」（ドイツ赤軍派）が暗躍し、西ドイツ社会を震撼《しんかん》させていた。どんなに豊かで、一見すると平和に見えても、分断国家である限り、常にそのなかに、暴力の火種を抱えこまざるをえない。彼らの動向が現地で報じられるたびに、私は、厳しい現実を見る思いがした。

その正体を、ベルリンの壁の前に立って実感したいと思いながらも、私にその機会が巡ってくることはなかった。ドイツ語の試験に合格し、正式の入学許可が下り、留学生だけのベルリン訪問のバスツアーに招待されたにもかかわらず、旧東ドイツ（ドイツ民主共和国）と国交のなかった反共国家（韓国）の旅券しかなかった私にとって、それは叶《かな》わぬ夢だったのである。遠くドイツの地にやってきても、自ら選んだわけではない国籍によって可能性が摘み取られていく。そんな冷厳な現実に、立ち竦《すく》まざるをえなかった。国というもの、国籍というものは、地の果てまで付いてくるのか。そう思うと、やるせない気持ちが募るばかりだった。

それを癒してくれたのは、時々届く、母からの便りだった。ただ、学校に通う機会を奪われ、読み書きが不自由な母には、最愛の息子に出す私信すら、自分の力で認《したた》めることはできなかった。母の想《おも》いは、兄嫁の口述筆記を通じて、私に伝えられたのである。

「学のなかもんはダメね、手紙ひとつ書けんとだけん。心のうちばお前に伝えたかばってん、それができんけん、義姉《ねえ》さんに書いてもらうことにしたたい。そっちは春になって少しは暖かくなったね？　ドイツはどがんとこか、さっぱりわからんばってん、寒かところのごたるね。こっちはもう桜が咲きよるよ。立田山《たつだやま》にもよう咲いとる。お前に見せたかね」

春は、母の一番好きな季節だった。

戦時中、わずか一歳にも満たず、栄養失調で亡くなった長男を「春男」と名付けたのも、春に寄せた母の思いが表れている。春は、萌《も》える季節。何もかもが再生する時間だ。季節の移り変わりに敏感で、その影響を受けやすい母の体質を、間違いなく私は受け継いでいる。

若いころの自分にとって、春が最も心地よかった。以心伝心、季節の好みまでもが、マザコンの私に遺伝していたことになる。

「春はね、何もかんも新しくなっと。だけん、春の野菜は栄養があっとよ。春によかんもんば食べとくと、夏バテせんけんね。しっかり食べときなっせ」

山菜や春キャベツ、新じゃがやニラ、ウドや小松菜が、我が家の食卓を賑《にぎ》わした。贅沢《ぜいたく》とはほど遠かったにもかかわらず、それでも、旬のものが食欲をそそった。還暦を過ぎても、大病らしい大病を患うこともなく、時おり不規則な生活を強いられても、いたって元気なのは、小さいころからふんだんに旬のものを口にしてきたせいに違いない。

旬のものを口にする。贅沢でなくても、それが豊かな食生活であることを、母は日々の食卓を通じて私に教えてくれたのである。それは、母が愛してやまなかった「春男」の死という尊い犠牲によって贖《あがな》われた教えだった。そして、まるでその「春男」からの声に耳を傾けるように、母は、桜の散る季節に安らかに息を引き取った。

死と再生。私にとって、春は、希望と残酷さとが隣り合わせになった季節だ。

ドイツ留学中の一時帰国で、日本に帰る日がやってきた。

むせ返るような草いきれが辺りに漂い、新緑の木々や鮮やかな花々が抜けるような青い空に映える一九八〇年の五月、私は大学街の小さな駅頭に立ち、妻に会える喜びに小躍りしながら、見送りの学生仲間に別れを告げようとしていた。列車がゆっくりと動き出し、見送る友たちの姿が小さくなるにつれて、私は青春が終わっていくことを実感した。感傷的な気分に浸りながらも、私の心は春めいていた。

しかし、その浮かれた気分も、韓国全土を震撼させ、世界にも衝撃を与えた「光州《クワンジュ》事件」の悲劇を知ったとき消え去り、分断国家には、暴力が常に押しこめられていることを痛感せざるをえなかった。西ドイツではテロとなって、韓国ではクーデターまがいの鎮圧となって、暴力が噴出していたのである。

ハイデルベルクの学生街を歩きながら、カフェーに腰掛け、買ってきた新聞を見たとき、目に飛びこんできたのは、数珠繋《じゅずつな》ぎになって軍隊に連行される光州市民の写真だった。どれほどの無辜《むこ》の人びとが殺戮《さつりく》の犠牲になったのだろうか。どうして正規の軍隊が無抵抗の街を取り囲み、戦場さながらに殺戮に及んだのか。自国の軍隊が、自国の市民にこんな無慈悲な総攻撃を加えるとは……。

高原の春の空を眺めていると、かれこれ四〇年近く前の、春の晴れがましさと禍々《まがまが》しさが、遠いような、近いような記憶となって、目の前に浮かんできそうだ。今やドイツは統一され、韓国では、光州事件を題材にした映画「タクシー運転手　約束は海を越えて」が、空前のヒット作となった。

犠牲者は戻ってこない、永遠に。

それでも、分断国家ならではの暴力は限りなく弱体化し、韓国では、微《かす》かにピアニシモのように脈打っているに過ぎない。軍事境界線のくびきがなくなるとき、韓国もまた、西ドイツと同じような道を辿っていくはずだ。時代は、休むことなく、生きもののように変化し続けているのである。

高原の空も、折々の季節に変幻自在な色を見せてくれる。それだけではない、高原の空は片時もじっとしていることはなく、絶えず移り変わっていくのである。

庭が春の気配に満ち、ここかしこで、小さな花たちの生命の営みが感じられる。そんな休日の午後、庭に張り出したテラスに長椅子を持ち出し、ただ漫然と移ろいゆく空を眺めるのが好きだ。寝そべって見上げると、空は限りなく近く、そしてどこまでも遠い。

標高一〇〇〇メートルの高原は、平地よりは確かに空に近いはずだ。なのに、透明なブルーがずっと永遠に続きそうな空は、どこまでも高く、まだまだ遠い。近さと遠さの奇妙な感覚に浸りながら、気ままに読める本に目を移し、そして、思い出したように空を眺める。至福の時だ。

何も足さない、何も引かない。

むかし印象に残ったテレビのCMの言葉が浮かんでくる。確かに、変哲もなく、空を眺め、その流れを見つめていると、こうしよう、ああしようという賢《さか》しい意思など微塵《みじん》もなくなり、ただ素のままの自分だけになる。あるのは、流れている意識だ。

その流れに身を任せていると、澄みきった空には、いつの間にか、綿をちぎったような雲が湧き、フワフワとさまよっている。漂泊するような綿の雲に日差しが遮られると、スーッと影がさし、瞬く間に消え、また影がさす。雲は気ままに移動し、光と影がそれにつられて忙しく交錯していく。

辺りを睥睨《へいげい》するように枝葉を広げる楡《にれ》の木が、雲の動きとともに、新芽を出しはじめた芝に影を落とし、何やら私に話しかけてくるかのようだ。身体中の緊張が解け、全身が軟体動物のように、くねくねとしたものに変わっていくような心地である。

どうやらそれは、私だけではなさそうだ。リビングの大きな窓の片隅で、空を漫然と眺めながら、チラチラと私に目をやる飼い猫のルークも、全身脱力状態。

私がテラスに出る前から、ずっと空を仰ぎ見ているのだ。どてっと巨軀《きょく》を所在なく横たえながら、何やら物思うように空に魅入られているルークには、どこか思索に耽《ふけ》る哲学者のような風情がある。

もしかして私も、ルークにはそんな風に見えていて、我が同輩と映っているのでは？

「あなた、気持ちよさそうね」

束《つか》の間《ま》の沈思のひと時も、妻の突然の横やりで途絶えてしまう。残念……。

「私もそこに行こうかしら。待ってて、コーヒーを持っていくから」

私は生返事をしたまま、至福の時の余韻を取り戻そうとするが、無駄であることはわかっていた。賢しらな思いや振る舞いが忘れられたのは、ただ流れるような意識に身を任せていたからだ。

私の小さな不満を知ってか知らずか、妻は長椅子の横に腰をかけ、淹《い》れたてのコーヒーをすすりながら、私と同じように物思いに耽るように空を仰ぎ見ている。私も、カップを口元に引き寄せ、妻の視線を追うように空に目をやり、しばし沈黙の時間が流れる。空を見上げるとき、私たちに言葉はいらない。ただ、二人とも同じ方向を見ていることがわかれば、それでいいのだ。振り向くと、ルークが仲間に入りたいのか、しきりに硝子《ガラス》窓を前脚で引っ搔《か》くように叩《たた》いている。すべてが静かで、落ち着いている。

運命の夏

時には土砂降りの雨を含んだ長雨をしのいで、やっと夏が訪れたかと思うと、ガンガンと焼けつくような日差しで、眩暈《めまい》がしそうになる。九州の、熊本の厳しい夏。とりわけ、一九五〇年の八月は、私の父と母にとって、過酷な季節だったはずだ。祖国で内戦が勃発し、肉親の安否すらわからない。そんな、不安と焦燥に満ちた、焼けつくような夏に、私は産声をあげた。

「人間は、自分が生まれた日のことば、どっかで覚えとるとじゃなかね。どうもそがんごたる」

時おり、首を傾《かし》げるように半信半疑ながら、そうに違いないと、自らに言い聞かせていた母の姿が思い浮かぶ。夏に生まれた私は、小さいころから夏が巡ってくると、何やら元気づき、ここぞとばかりに大声で泣いたり、はしゃいだりしたらしい。母の目には、我が子が、自分の生まれた季節を、自ら祝福しているように見えたようだ。

悲しみや苦しみ、絶望や悲嘆にくれても、生の復元力が働くのは、私のなかに、自然に熱を発するエネルギーが貯《た》めこまれているからではないか。父や母、おじさんや心友、そして何よりも息子の死は、私を一条の光すら見いだしえない、黒い太陽の世界に閉じこめてしまいそうだった。

私も、彼らのいる黄泉《よみ》の世界に赴こう。何度か、そうした誘惑に駆られたこともある。しかし、私はそうしなかった。私のどこかに、誕生そのものが生命のエネルギーに満ちていたという、言語以前の記憶があるからなのか。

人間が生まれ、生きていることそのものが祝福されている。

その確信が、私からなくなることは一度もなかった。生は尊いという感覚が、死に惹かれる感覚よりも勝っていたのである。それは、きっと、私が夏に生まれたからに違いない。この前向きな力は、私の「理」の世界を、どこかで支えていたのだと思う。いつしか「生」が「死」に――「平和」が「戦争」に勝るときが、必ずやってくる。

「人間は、自分が生まれた日のことば、どっかで覚えとるとじゃなかかね」

もしも、朝鮮戦争の勃発の年に生まれ、南北分断の時を生きた私が、七〇歳になるまでに、平和協定が結ばれる瞬間に立ち会えれば、まさに、母の言葉の深い意味を嚙《か》みしめることになるだろう。

私にとって、夏は、運命的な季節である。そのように感じられるのは、数々の忘れられない思い出が、決まって夏に集中していたからである。

初めて恋をし、その淡い恋が破れたのも、ひときわ蒸し暑い夏の季節だった。そして妻が初めて熊本を訪れ、二人で絆《きずな》を結んだのも、夏だった。何よりも、私の死と再生に繫がるような、コペルニクス的な転換が訪れたのも、大学の夏休み――一九七〇年代初頭のソウル滞在だった。

大学で政治学を学びながらも、現実の政治に疎かった私は、三島由紀夫の自決、そして在日の学生・梁 政 明《リャンジョンミョン》の自殺といった、時代の潮流に押し流されるようにして、韓国に渡ったのである。

ソウルでは、父の弟――大日本帝国の憲兵であり、戦後、祖国に戻り、海軍の法務参謀として朝鮮戦争を戦った叔父――が、弁護士をしていた。セピア色の写真でしか知らなかった彼は、舶来の黒っぽいスーツに身を包み、ひときわ目立っていた。写真のなかの、やや痩せ気味の凜々《りり》しい青年とは異なる、恰幅《かっぷく》のいい、どっしりと落ち着いた紳士然とした姿に少々戸惑ったものの、それでも内面の深さと複雑さ、昏《くら》さを湛《たた》えた端正な目元は、どこか父に似ていた。

軍事独裁下のソウルは、暴力が抜き身で待機しているような、粗暴なほどの野蛮さに満ち溢れていた。軍人や警官の数は多く、街中の衛生事情も、決して良いものではなかった。しかし、ソウルには、まるで皮膚を剝がれて血管や神経が剝《む》き出しになり、激しくのたうちまわる生きもののような、凄《すさ》まじいエネルギーが発散していたのである。

圧倒されたのは、人びとの声の大きさと、真剣さであった。

その迫力に弾《はじ》き出されるような違和感を覚えながらも、どこか懐かしい光景が、至るところに転がっていた。自らを包み隠すことなく曝《さら》け出し、それでも受け入れてくれる荒々しい率直さにたじろぎながらも、仮面や分厚い衣装を捨て、素のままでいられる気楽さを、私は初めて体感したのである。

母はなぜ振幅の激しい性格だったのか。どうして幼子のように無垢《むく》で屈託がなかったのか。怒りに任せて、あれほど鬱積した感情を爆発させることがあったのは、なぜか。――矛盾の塊のような母を生み出した源泉に、私は、辿り着いた思いがした。そして、ソウル滞在中の私に、ある種の決心のようなものが、徐々に芽生えつつあった。母を育んだ世界を、丸ごと受け入れよう。この世界を、運命として、自ら選択してみせよう。

ひと夏が終わり、日本に帰る機中、夜の闇のなかに浮かぶソウルの街の灯《あか》りを見つめていると、熱い涙がとめどもなく流れてきた。

「さようなら、ソウル、姜尚中として生きていくから、きっとまた会おう」

私は、心のなかでそう呟いていた。ソウルの夏も、熊本の夏も、青春の盛りのイメージで、心の奥に刻みこまれた。夏は、私が、私になった季節なのだ。

高原では、土砂降りの雨が続くことなど滅多にないし、憂鬱な梅雨のしとしと雨がしつこく続くわけでもない。ただ、霧が立ちこめ、空はもちろん、周りのありとあらゆるものを、茫洋とした世界のなかに閉じこめてしまうことがある。

とりわけ、六月や七月には濃霧が辺りを覆い、幻想的な世界に包まれてしまう。

移って最初のころ、これには困惑し、参ってしまった。春の爽やかな空に浮かれた気分も、陰々滅々とした感じに変わってしまった。

寒暖の差が激しい高原の初夏は、朝の透き通った空に、庭の緑も清々と映えているのに、みるみる下から這《は》いあがるような霧が立ちこめ、乳白色の世界に一変してしまうのだ。

野暮用のために都内に出かけなければならない朝など、庭が霧に占領されている光景を見るだけで、私の心は落ちこんでしまった。ところが、妻は気まぐれな天気に左右されない「定常状態」を保てるタイプだ。外界の気まぐれな変化で心のバロメーターの目盛りが上がったり下がったりしない。それでいて、天真爛漫《てんしんらんまん》の素のままでいられる。

私が、妻と同じように、いつの間にか、霧を待ち遠しく思うようになったのは、すべてを見えるものにしないと気が済まない、露出狂的な世の中の動きに飽き、むしろ、見えないものがあったほうが心が和やかになると、心底から納得するようになったからである。

息子の死を含め、家族の最もひ弱な部分が好奇の目に晒《さら》された苦い経験は、メディアに露出してきた我が身への手痛い報いのようにも思われ、私たちは、心の避難所を探し求めていた。心の傷、癒されない心の痛手、それらの一切を、ぼんやりと包みこんでくれる高原の霧は、湿気を嫌う私にも、いつの間にか、心地いい自然の配剤のように思われたのである。

これも、高原に棲む「功徳」か。――今では、高地《こうち》には「狡智《こうち》」があると、語呂合わせで、一人悦に入っている。

ただ、空が見えず、霧に覆われる日だけが続けば、さすがに閉口してしまうに違いない。しかし、ここでも高地の「狡智」が働き、短いながらも、高原の夏は、霧の世界とはまったく別の世界を垣間《かいま》見せてくれるのである。

夏の高原の空は、清涼な空気がはじけたように、キラキラと輝いている。見上げるのも眩しいくらい、ギラギラと燃えている南国の夏の空に馴染んだ私にとって、涼感の漂う夏があり、爽快な空があることは驚きだった。

真夏でも平均気温は二〇度前後。しかし、日差しは鋭く、光は雲の動きとともに強くなったり、弱くなったり。それに合わせて、庭の芝生の木立の影も、形を変えていく。空気は乾いてサラサラとしている。

我が家の庭では、春の訪れから終わりにかけて、思い思いに自分の色を出しきった小さな花たちがその役割を終え、芝の緑と、木々の緑だけが、盛りを迎えている。

高原の夏を通じて私は、淡い水彩画のような夏があることを初めて知った。かつての青春真っ盛りの夏とは違って、どこか落ち着いていて、静かな情熱が、残り火のように燃えている。

熱に浮かされたような原色的な夏。そして静かに残り火が燃え尽きていく夏。二つの夏は、私を忘れえぬ人の思い出に誘《いざな》っていく。

シラカバ越しのロシア

首回りがひんやりとしたと思ったら、空は青く、どこまでも高い。浅間の頂《いただき》にはいわし雲が魚鱗《ぎょりん》を照り返すように青空に映え、秋の訪れを告げている。秋は、忍び足でやってきたかと思うと、みるみる深まり、高原の佇まいを変えていくのである。

我が家の庭のミズナラも、樹齢を感じさせるような深い皺《しわ》だらけの樹皮を晒し、黄色がかった紅葉を見せてくれる。人間で言えば、きっと後期高齢者の部類に属しているに違いない。でも、健気にも精一杯、人の目を楽しませようとしているようだ。それに比べてモミジは、秋の訪れを待っていましたとばかりに、鮮やかなグラデーションの紅葉を、惜しげもなく披露してくれる。

妻の大好きなモミジ。

ささやかな庭付きの家を選ぶキッカケになったのも、庭の片隅にひっそりと立つモミジが、彼女のお気に入りになったからである。私も、モミジが好きだ。モミジは、秋を彩る華やかなヒロインである。

しかし、秋の木立で最も好きなのは、シラカバだ。

「高原の貴公子」シラカバ。

寒暖の差があるほど薄い黄色味を帯びた光沢を放ってくれるシラカバは、高原の冷涼な空気に最も似合っているし、何よりも白なのがいい。

どうして白が好きなのか。モミジの艶《あで》やかさが好きな妻と、シラカバの白を愛する私。

ここでも二人のテイストは対照的だ。

「シラカバに随分、ご執心ね。どうしてまた白なの？」

妻のいくぶん意地悪な問いかけに、思い当たることがないわけではない。映画「ドクトル・ジバゴ」のことだ。巨匠デヴィッド・リーン監督のこの大作を、心を閉ざしていた高校生のころ、私は、何度も何度も、独り見入った。

運命の悪戯《いたずら》で再会することになる、主人公のジバゴとヒロインのラーラ。ロシアの辺境の街の小さな公園のベンチで肩を寄せ合い、愛を語り合う二人。落ち葉が舞い、「ラーラのテーマ」をバラライカが奏で、映画は一挙に盛りあがりをみせる。青い空にシラカバが聳《そび》えるシーンが印象的だ。

私はこのシーンを見たさに、何度も映画館に足を運んだ。それほど、白いシラカバが空に映えるシーンが、私の心を打った。

以来、「ドクトル・ジバゴ」＋「シラカバ」＋「美しいラーラ」という連想が脳裡《のうり》に刻みこまれ、何度か劇場で、そしてまたビデオでと、飽きもせずに堪能し続けてきたのである。

プーシキンからトルストイ、ドストエフスキー、そしてチェーホフ。ロシア文学の巨峰を仰ぎ見ながら、その一つにでもよじ登ってみたいと思っていた学生時代、私はロシアに、何かしらロマンチックな幻想を抱き続けていた。それは「アメ車」＋「ポップ」＋「エレキ」という組み合わせ――豊かではあっても、およそロマンの香りがしないアメリカニズムとは、対極にあるように思えていた。

それでも、私は「赤いロシア」（旧ソヴィエト連邦）の社会主義に、イカれることはなかった。社会主義やマルクス主義が地に墜《お》ちた権威ではなく、まだ、どこかに進歩的なイメージの残滓《ざんし》を保ち続けていた時代。そして、少しでも反抗心のある若者であれば、社会主義を悪しざまに罵ることが、どこか後ろめたかった時代。私は内心、強い反発を覚えながら、それでも、ロシアにロマンの香りを感じていた。

なぜ、社会主義やマルクス主義に違和感を持っていたのか。戦前は大日本帝国の忠良な憲兵であり、戦後の解放後は、海軍の法務参謀として朝鮮戦争を戦い、その後「反共」の法律家として名を上げた叔父の存在が、影を投じていたのかもしれない。初めてソウルを訪れた夏、夜間外出禁止令のもと、「共産主義」と対峙《たいじ》する最前線の過酷な現実を目の当たりにし、私のなかから社会主義の幻想は消え失《う》せていた。

ソウルから帰り、大学のキャンパス内に林立するセクトの立て看板に強い憤りのようなものを感じたのも、それが、海の向こうの分断国家と沖縄という「緩衝地帯」によって守られた「城内平和」――すなわち、「特権」のように思えてならなかったからである。私のなかに、次第に「反共」というよりも、「非共」の念が募っていった。

それにお墨付きを与えたのは、当時、マルクスと匹敵する好敵手と評価されていた、ドイツの社会科学者マックス・ウェーバーだった。

大学に入学して、たまさか学生街の古本屋で発見した哲学者カール・レヴィットの『ウェーバーとマルクス』をむさぼるように読み、私は、瞬く間に「ウェーバリアン」になっていた。

資本主義的な合理化は、「鉄の檻《おり》」のように堅牢《けんろう》であり、それを根底から覆《くつがえ》すことはできない。しかし、「にもかかわらず」(dennoch!)という不屈の精神をもって、その「非人間性」に抗《あらが》い続けるしかない。

こう説くウェーバーには、どこか冬を耐え忍ぶ「忍冬草《ニンドウ》」のイメージがあった。

思えば、母も、父も、叔父も、そして私を愛してくれた大人たちの多くが、自らに与えられた過酷な現実を「運命愛」をもって受け入れていた。耐え忍びながら、それでも、彼らなりの矜持《きようじ》を失わなかった人たちだった。そして金大中《キムデジユン》氏のニックネームも「忍冬草」だったのである。——これらは偶然だろうか。そうとは思えない。

「ドクトル・ジバゴ」の原作者、ボリス・パステルナークもまた、スターリン体制の犠牲者であり、「忍冬草」のような生涯を送った作家である。そのような「赤いロシア」の過酷な運命に強い憤りを感じながらも、私が、ロシアへのロマンを抱き続けたのは、ウェーバーの『ロシア革命論』に強い感動を覚えたからである。

日露戦争中に起こった「血の日曜日」からボルシェヴィキ革命に至る、激動のロシアの歴史を辿りつつ、社会主義ロシアの専制支配を予測し、それでも自由と人権、民主主義への可能性を説くウェーバーの『ロシア革命論』は、かの国への特別な思いを駆り立てずにはおかなかった。

だが、私の片思いのようなロマンも、一九七八年、西ドイツへの留学の途中、トランジットで滞在したモスクワでの体験によって、完膚なきまでに叩き壊されてしまった。

モスクワ・オリンピックを控え、ピカピカに新しい空港内のショップで働く人びとの目には生気が感じられず、物憂い自嘲的な笑顔だけが浮き出ているように思われた。そして何よりも、国際線のトイレットペーパーは、当時の水準から見ても、お粗末だった。ショーウィンドーのような国際空港にしてこうであれば、一般の人びとの暮らし向きは、察するに余りあった。ロシア幻想は急速に色あせ、この体制が、近いうちに老朽化した建物のように次々と崩れていくのではないかという予感が閃《ひらめ》いていた。

そのころ、ソ連邦は、その崩壊を早めることになる、泥沼のアフガン侵攻に足を踏み入れたのである。

有象無象の擬制が崩れ落ち、この世の中にロマンなど、どこにもないことを告げていた。それは、ウェーバーの言う「魔術からの解放」を意味していたのである。タテマエやイデオロギー、ハッタリやお題目の正体が、あられもなく暴かれつつあった。それからほぼ一〇年後、ベルリンの壁は崩壊し、やがて、ソヴィエト連邦という最大の擬制が、自壊していくことになる。

「お前は、遠くばかり見とるね。遠くばかり見とったら、躓《つまず》くばい。足元をしっかりと見らんといかんよ」

母が常々語っていた戒めが、妙にリアリティをもって蘇《よみがえ》ってきた。あれほど信心深かった母は、他方では徹底した懐疑論者であり、タテマエや擬制の裏側に張り付いたホンネや醜い利害を読み取ることに長《た》けていた。母は、「魔術」に体よく引っかからない術《すべ》を、身につけていたのである。それは、地を這うような艱難《かんなん》を経験し、辛酸を嘗《な》め尽くして辿り着いた、腰の入った知恵でもあった。

しかし、母はただ疑い深い猜疑心《さいぎしん》を抱えただけの、「すれっからし」の現実主義者ではなかった。母には他方で、人間への限りない信頼があった。世間の人間をみな、十把一絡《じっぱひとから》げに懐疑のふるいにかけ、人間など所詮こんなものだと、横着に判断を下すことはなかったのである。ただし、母は、世の中には「情のある人」と「情のない人」の二種類の人間がいると考えており、後者の「情のない人」を心底、毛嫌いしていた。彼らに対して、決して油断することのないよう、心の武装を怠ることがなかったのである。

「ほんなこつ、世の中にはひどか人がおるけんね。油断ならんばい。ばってん、ほんなこつ、よか人もおっとたい。そん人たちにどがん助けられたことか。その恩は決して忘れんけんね」

時おり、母は「情のある人」の具体的な名前を挙げながら、口癖のように「渡る世間は鬼ばかりじゃなかよ」と付け加えることを忘れなかった。「情のある人」になって欲しい、母は、無意識に、そのことを伝えたかったのかもしれない。

正規の学校教育のレールを走り、大学院まで進み、大学に職をえた私には、母にない「理」があった。しかし、「情」のない「理」など、虚《むな》しく、時には胡散臭《うさんくさ》いものでしかないことを、彼女は本能的に嗅ぎ取っていたのである。「理」には「情」がなければならない。「情理を尽くす」ことが、人の道であることを、母は、問わず語りに教えてくれた。

果たして、私が「情理を尽くす」人になりえたのかどうか、心もとない限りだ。その意味では、私はまだ、途上にある。有象無象の意匠や擬制、イデオロギーやタテマエが崩れ去り、ただ「マモン（富／カネ）の神」に仕えることだけが、唯一の信仰のように思われている今の時代に、「情のある人」として「情理を尽くす」ことが、私に残された最後の宿題のように思われてならない。

それでも、秋空に映え、そよ風に揺れるシラカバには、若かったころのロマンの残り香を感じずにはいられない。そして秋の空を見ているだけで、感傷的な気分になってしまうのである。それだけではない。秋の空は、私のなかの孤独のムシを刺激するようだ。

孤独のゴルフ、カラマツの落葉

独りになりたい、自分だけの郷愁に浸りながら、黙々と手足を動かし、ひたむきに何かに興じていたい。高原に棲むようになってその気持ちは強くなるばかりだ。そのために思いついたのが、「孤独のグルメ」ならぬ、「孤独のゴルフ」である。

少し前の自分は、こんなふうに感じていた。

「ゴルフを始めたら、人間終わりだな」

ゴルフと聞いただけで、嫌悪感が先立つほど嫌いだったのに、どうして？　私にもよくわからない。ただ、出版関係者との縁が、私とゴルフを繋ぐキッカケになり、最も嫌いだと思っていたものに打ちこむようになったのである。

静止している小さな球を、長いしゃもじで叩いて何が面白い。大の大人が、モグラの穴のようなものにボールを入れてはしゃいでいるなんて。私のゴルフに対するイメージは最悪だった。

実際にグリーンに出て、やってみると、まったく思うようにならず、ことごとく無残な結果になってしまった。

でも、不思議にも、そのままならないところが、妙に私を引きつけて離さないのだ。力めば力むほど、すべてが裏目に出るし、無欲になったときには、思わぬヒットが出る。しかも、空とグリーンと、木立と花々、そして野外ならではの匂いが、五感を生き生きと刺激してくれる。

ただし、ゴルフは独りではできない。——そう思いこんでいた矢先、私は高原の一角に、低料金で独りでもゴルフに興じることのできる場所を見つけ、たまの休みに通うようになったのだ。

グリーンの上に立つと、胸のなかの淀んだものが、フレッシュな空気で総入れ替えになるようで、生まれ変わった気分になる。見上げれば、もこもこと帯状に小さな雲の塊が群れをなしながら、抜けるような青空を気持ちよく漂っている。空は高いのに、雲は間近に迫り、どれどれと、私の腕前を見ようとしているようである。

ラフの側の茂みにはススキが穂を垂れてそよ風に揺れ、薄いピンク色のコスモスの花びらが、枯葉の間に顔を覗《のぞ》かせている。グリーンにはただ独りだけ。ひと握りの人間が、あんな広大な自然を独占するなんて許せない。そんな義憤はどこ吹く風、我ながらゲンキンなものだ。苦笑しながら、ドライバーショット。

「シュパッ！」

白球が心地よい音を残しながら、青空に飛んでいく。どうやら、飛距離も方角も文句なし。茶色に変色しつつあるグリーンを踏みながら、独り、悦に入る。

「幸先がいいぞ、今日はまんざらでもなさそうだ」

独り言ちて、また空を見上げる。雲に向かって「どんなもんだいッ」と叫びたくなる。童心に返るとはこのことか。それでも、心のどこかにまだ、寂しさが張り付いている。孤独のムシが、微かに泣いているのである。でも、それがまた心地いいのだから、不思議なものだ。

そして、私の最もお気に入りのコースに近づく。左手には急勾配の雑木林。右手にはカラマツが高さを競うように林立している。正面も、なだらかな傾斜を経ながら、小高い山へと連なっている。

カラマツは落葉し、その繊細な葉がビロードの絨毯《じゅうたん》のように積もりつつある。三方を囲まれたようなコースには、秋の日差しも陰り、心がなぜか落ち着くのである。そして乾いたような孤独感がきざしてくることがわかる。

その瞬間、私は滲《にじ》んだ汗を拭き取り、水分を補給し、そしてフーッと息をつく。辺りの陰った光景は、私の心象風景そのものだ。陰っていても、日はさしている。逆に、日差しはあるのに、陰っており、そこには、孤独のムシがひっそりと息をしているのだ。

その孤独のムシは、亡くなった息子の面影と重なって、時おり、傍らに目に見えないあの子がいるような気がしてしまう。極度の神経症に苦しめられた、彼の世界に巣くう孤独のムシを、私はどれだけ理解していただろうか。汗の滲んだ首回りが、秋の夕暮れの冷気でひんやりと感じられるようになると、ふと、息子の顔が浮かんでくる。

真夜中、独り、家を出、夜が明けるまでひたすら歩き続け、我が家に辿り着く、息子の「孤独の散歩」。息子はきっと、自分のなかの孤独のムシを、必死に飼い慣らそうとしていたのかもしれない。疲労の果てに、床に着き、ぐっすりと寝入ってしまった息子の顔には、苦悩のカケラもない、安らかな幼子のような無邪気さが表れていた。「孤独のゴルフ」に励む私の顔にも、同じあどけなさが表れているだろうか。それを知っているのは、秋の空だけだ。秋の空と、内緒の「孤独のゴルフ」。何にも代えがたい時間が流れていく。

振り返ると、浅間山の孤高のシルエットが、暮れなずむ空に映えている。

冬の桜、オリオンの三つ星

鼻の奥が、冷気で一瞬、ツーンと痛くなるほど、高原の真冬の寒さは尋常ではない。屋内で硝子越しに小春日和のような日差しを受けていると、一瞬、春が来たかと錯覚しそうだが、一歩、屋外に出れば、刺すような寒さに、身体中がかじかんでしまいそうだ。

それでも晴れた日の朝、私は、妻を散歩に誘うようにしている。仕事や野暮用で朝早く出かけるとき以外は、二人の散歩は、日々の日課となっている。

根雪が残り、その上に霜がおり、空は晴れ渡っている冬の静かな午前。

妻と私は「重装備」で屋外に出、いつもの小径を所々、ルートを変えながら、小一時間ほど歩き続けるのだ。

ザクッ、ザクッと、靴の裏で硬くなった霜を踏み砕くように、しっかりとした足取りで小径を歩いていると、少しずつ汗ばんでくる。

それでも、空気はカラカラに乾いて、冷気が顔を突っつくように痛い。目からは涙が出、眼鏡が曇って、周りがぼやけて見えるほどだ。妻はマスクで鼻を塞ぎ、厚手のダウンで寒さをしのいでいるが、冷たい風が吹くたびに、悲鳴にも似た小さな声をあげている。

出会ったころは、冬の寒気のなか、風を切って自転車のペダルを踏むのが大好きと言っていたのに、今では、私よりも寒さが苦手な様子。それでも、冬の小径を、時にはよもやま話に花を咲かせ、また時には黙々と歩き続けることに、心地よさを感じているようだ。

「ねぇ、見て見て、あのカラマツ、何だか、冬の桜みたいに見えるわ」

妻が指差す方向を見上げると、朝日を浴びて、薄いピンクの桜のようにキラキラと光るカラマツ林が見える。雪が魚の骨のように裸身を晒す小枝にまとわり付き、それが陽光を照り返してまるで山桜のように見えるのだ。

二人とも感動で、呆然《ぼうぜん》と佇んでいる。

高原に棲み着いて五年余り、五度も冬を体験しているはずなのに、私たちは「冬の桜」に気づいていなかった。どうして？

冬の散歩の機会がほとんどなかったからか。酷寒のなかでは空を見上げるよりも、下を見ていることが多かったせいか。

どちらにしても、妻が思わず口走った「冬の桜」という言葉に、私は、感心してしまった。

高原の桜の開花時期は、平地よりも随分、遅いし、艶やかな華々しさで人の目を引きつけるわけでもない。でも、その代わり「冬の桜」が、「孤独な散歩者」を慰めてくれるのだ。凍《い》てついた冷気のなかで、春の桜以上に短く儚《はかな》い命を終えて消えていく「冬の桜」。それは、いくつかの天候条件が組み合わさったときにだけ出現する桜である。

「冬の桜」と同じような雪景色のイメージが、脳裡に浮かんでくる。それは、むかし映画で観《み》たシーンと重なり合っていったのである。

雪が桜のように舞う吹雪のなか、白銀の世界となった軍事境界線近くで対峙する、韓国と北朝鮮の兵士たち。お互いの手の内を知り尽くしているかのように、それぞれの隊長が歩み寄り、煙草《たばこ》に火をつけ合い、そして別れていく。そこは、高原の、厳しい冬ではあっても平和な世界とは違って、南北が半世紀にわたって対峙してきた最前線だ。それでも、凍てついた氷に閉ざされたような荒涼とした冬景色のなかに、雪の桜が舞っているのである。第一回の南北首脳会談の後に封切られ、韓国でも空前のヒット作となった映画「JSA」（共同警備区域）の一シーンである。

JSAとは、板門店《パンムンジョム》の、韓国と北朝鮮を分かつ軍事境界線上にある、東西約八〇〇メートル、南北約四〇〇メートルの区域である。ほぼ二〇年前の映画だが、二回に及ぶ文在寅《ムンジェイン》大統領と金正恩《キムジョンウン》委員長との南北首脳会談や、米朝首脳会談の開催を目の当たりにすると、「JSA」が予言的な作品だったことがわかる。

板門閣から軍事境界線に歩み寄る金正恩委員長と、それを南側の境界線上で迎える文在寅大統領。金委員長が境界線を跨《また》いで南側へ、そして、二人で手に手を取って北側へと境界線を越え、そしてまた南側へ。わずかなその一歩が、どれほど困難で険しい道のりであり、時間を要したことか。そこでは、時間が一九五三年七月二七日——朝鮮戦争の「休戦」——以来、止まったままだった。映画は、JSAの警備を担う韓国と北朝鮮の兵士たちの友情と殺戮を通じて、分断の不条理と悲劇を浮き彫りにしている。

わずかひと跨ぎで境界線を越えて北へ、南へ往来できるのに、その一歩が生死にかかわることを、映画はさりげない場面で教えてくれる。

板門店を訪れる欧米系ツアーのなかの女性の赤い帽子が風で飛び、境界線を越えて北側に落ちてしまう。一瞬、凍てついた緊張が辺りに走り、やがてソン・ガンホ扮《ふん》する北の兵士が帽子を取りあげ、笑いながらそれを返そうとする。それを受け取るのは、韓国の兵士ではなく、国連軍としての米軍兵士である。その米軍兵士の、「私が韓国軍人だったら軍刑法上、命令違反等で重刑を科されていたでしょう。私は〝ありがとう〟と、礼まで言ったのですから。韓国では国家保安法で北との接触は禁止です」という説明は、南北分断がどれほど異様で、滑稽で、しかし悲劇であるのかを物語っている。

「ほんなこつ、バカんごたるね。一つの国なのに二つに分かれてこがんいがみ合って。もうずっとこがんして喧嘩《けんか》ばっかしとるとだろか。北には一度も行ったことがなかけん、どがんとこか、見てみたか気もするね。ばってん、生きとる間はできんごたるね。ずっと分かれたままで、一緒になることはなかけんね」

分断は永続する、この先もずっと。

それが変わり、分断が解けて、北と南が自由に往来できる日が来ることなど、母にとっては、見てはならない夢のように思われていたに違いない。その見果てぬ夢を、息子に見て欲しい、夢に終わらせるだけでなく、それを実現するために、少しでも頑張って欲しいと、母が私に語ったことなど一度もなかった。それでも、母はどこかで、息子が見果てぬ夢を見るようになり、それを少しでも実現したいと思うようになったことに気づいていた。

「この間も、センセイはテレビに出とったね。センセイのいう通りたい。いがみ合うより、仲良うしとったほうがよかに決まっとるけんね。日本がもうちょっと北と南が喧嘩せんごつ、間に入ってくれればよかとに。ばってん、政治のことは難しかけん、ようわからんたい。そがんでも、センセイの言うことはようわかるけんね」

母は、見果てぬ夢を語る息子を危なっかしいと思いながらも、たくましいとも感じていたのである。

その母も亡くなった。私も還暦を過ぎ、いっこうに南北の和解や米朝交渉の手がかりすらつかめないまま、一〇年余りが経《た》ち、分断を超えることなど、それこそ見果てぬ夢と半ば諦めかけていた。

だが、それが終わる日が、来るかもしれないのだ。

朝鮮戦争の終結と、休戦協定の破棄、そして、それに代わる平和協定が締結されることになれば、止まったままの時間は、ふたたび動き出すことになるだろう。そのときには、高原と同じように、軍事境界線上の晴れ渡った空に、「冬の桜」を眺めることができるだろうか。

高原の冬には雪がつきものだ。それでも、豪雪と言えるほど降り積もることはない。ただ、水分を多く含んだぼたん雪が降った後は、ひと苦労である。雪かきをしても重く、掻きわける作業は結構、骨が折れる。

それでも、熊本で育った私には、雪かき自体が新鮮で、面白い。ついつい張りきりすぎて、スコップで力一杯、真っ白な雪を相手するのに、夢中になりがちだ。気がつくと、腰がふらつき、腕から力が抜けているのがわかる。

でも、ゴム長靴でサクサクと雪を踏みしだき、黙々と雪を掻きわける作業に熱中していると、汗が滲み、心がぽかぽかと暖かくなるのだ。

ぼたぼたと大きな雪の塊を降らせた空は晴れ渡り、樅の木の緑に覆いかぶさるような雪が映えている。裏庭の、屋根よりも高い雑木林は、白化粧で覆われ、その上にはどこまでも青い空が続いている。雪景色の静けさとのどかさを知ったのも、高原生活の愉悦である。

「ごくろうさま、熱いコーヒーができましたよ」

妻の呼ぶ声もどこか弾んでいる。陰気な冬ではなく、陽気な冬があることを知ったのは、高原に棲む「ご利益」に違いない。

ただ、それでも、深々とした冬の夜空を見ていると、ついセンチメンタルな気持ちになってしまうことがある。

仕事から帰り、ホッとひと息、我が家の前に立ったとき、ふと見上げる夜空には、落ちてくるのではないかと心配になるほど、たくさんの星たちがキラキラと競うように光り輝いている。

そのなかで、私はいつも、オリオン座の三つ星に目が向いてしまう。ひときわキラキラと輝く三つ星。息子の頬の左目の近くには、三つの小さなほくろがあった。

真砂《まさご》なす数なき星の其《そ》の中に吾に向ひて光る星あり（正岡子規）

愛する息子はオリオンの三つ星になった。軍事境界線上の夜空にも、三つ星が輝いているはずだ。息子は、境界も壁もない、生きとし生けるものを分断することのない世界へと旅立ったのだ。私もまた、オリオン座の片隅を照らす星になるに違いない。

冬の夜空は、切々として、心に沁《し》みるひと時を与えてくれるのである。

第二章　人は、歩く食道である

父と庭いじり

庭は、驚きと感動に出会える場だ。ただし、それは、いかにも――というような、どこか小賢しさが張り付いた心の動きではない。静かで、目立たず、それでいて単調さのなかに滋味溢れる変化がある庭に感応した、驚きと感動なのである。

人生の表裏を知り、喜びが大きければ悲しみも多く、人生の順逆もままならないことがわかるようになった初老の二人にとって、庭はかろうじて、自然の淡々として飽きない力が現れ、心を癒してくれる空間である。

もちろん、古希に近づいているとはいえ、超俗的で、利欲の混じらない境地にあるわけではない。むしろ、浮世の風に、ますます敏感になっていると言えるかもしれない。でも、だからこそ、庭のありがたみが、よくわかるようになったのである。

我が家のささやかな庭は、作りこまれた庭ではない。それでも、そこには花が、そして花以外の植物が、それぞれの生を謳歌している。日光や風、昆虫や小動物が媒介者となって、地面の上では、四季折々の光景が、生きもののように蠢《うごめ》いている。さまざまなものが組み合わさって、一瞬も止《や》むことなく呼吸をし、汗をかき、老廃物を吐き出し、新陳代謝を繰り返す。

下宿屋、アパート、マンション、そして猫の額ほどの庭付きの一軒家という具合に、これまで私は住まいを転々としてきた。だが、生きた庭に棲み、自分が庭の営みの媒介者になるといった実感は、一度も味わうことはなかった。妻も同じだろう。そんな二人が、土と光と風と緑、そして、生きものたちとの精妙な共棲《きょうせい》関係のなかで生かされ、ある意味、それを支える存在になっている。

生きた庭には、人間が必要だ。

この感覚を教えてくれたのは、我が家の庭師の「カブキさん」だ。顔の造作はいかにも歌舞伎俳優のようで、妻がそう呼ぶようになったのも頷《うなず》ける。彼の、作りこまず、それでいて、すべての生きものがお互いに媒介者となるような計らいで、自由に、多彩に、豊かに進化していく庭があることを、私たちは知った。

庭を照らす日差し。雲の動きにつられて動く陰影。片時も滞ることのない大気の動き。

庭を濡《ぬ》らす雨や、したたり落ちるような霧。地面を押しあげる霜柱。壁のように広がる常緑樹の緑。鮮やかな落葉樹、寒々しい冬の姿。白やピンク、黄色や薄紫の花を咲かせ、枯れ果て、そしてまた息を吹きかえす花たち。緑の触手を伸ばして、いつの間にか広がる苔《こけ》の絨毯。春の訪れを告げるように戯れる小鳥たち。アリや、名も知らぬ虫たちの、忙《せわ》しない動き。

庭は、天と地を繋ぐ回廊のようだ。

ここに移り棲んだおかげで、心身に蟠《わだかま》っていた澱《おり》のようなものが消え失せ、夢の光景のなかにいるような気持ちになるのだ。ただし、夢といっても、決してそれは幻影ではない。形と色と匂いを通じて、自分のなかに眠っている夢――庭がなければ、決して意識されないまま立ち消えになっていくはずのイメージ――が、はっきりとした光景となって、眼前で蠢いているような感覚である。

*

庭に水を撒《ま》く父の姿を思い出す。そんな姿を、私は、母に見いだすことはなかった。花を愛《め》で、晩年には生け花教室に通うこともあった母だが、父ほど庭には執着がなかった。母は、韓国南部の、旧日本海軍の基地でも有名だった鎮海《チネ》の生まれだった。母は、海岸で育った。彼女は、仕切られた庭などに興味を示さず、有明海の近くで、遠く普賢岳《ふげんだけ》を望みながら、ひねもす一日を過ごすことを好んだ。言ってみれば、母は、海の民だったのである。

その一方で、父には、山の民の風情があった。

思い出そうとしても、父と一緒に海に出かけたり、泳いだりした記憶など、どこにも見当たらない。もしかしたら、父は、金槌《かなづち》だったのかもしれない。父の故郷は、母の故郷よりももっと内陸部の寒村だった。父は、山間の村で、先祖代々の土地を守りながら、営々と耕作に励んできた農家の長男だったのである。

その父がやがて日本に渡り、軍事工場の労働者となった。東京を振り出しに、名古屋を経て、やがて熊本に居着き、およそ農業とは縁も所縁《ゆかり》もない職業で、糊口《ここう》をしのいできたのである。そんななかで、地面への郷愁のようなものが募っていたのかもしれない。父にとって、庭いじりとは、故郷への執着の代償行為だった。

我が家が真新しい家に変わり、門構えに庭を設《しつら》えるようになってからというもの、父はせっせと手入れに時間を割いた。一段落した後は、縁側に腰をおろし、煙草をふかし、感慨深げに庭をしげしげと眺めていた。

夏の噎《む》せ返るような暑さのなか、孫を抱きながら、庭に水をやる老人の顔には笑みがこぼれ、まるで、若き日に戻ったような初々しさが溢れていた。三歳になったばかりの私の息子は、キョトンとしながら、じっと祖父の顔を見つめていたのである。

少年のころから、故郷と異郷のはざまを生き、それでも、土地への愛着を失わなかった父。その生涯は、「うんうん死ぬ迄《まで》押す」「牛」（夏目漱石）のように、華々しさとは無縁の、人生の艱難に寡黙に耐え続ける一生だった。

父、息子、孫。

庭に込めた想いは、世代を超えて受け継がれていく。きっと、私の父は、そう思ったに違いない。幸いにも、父は、愛する孫の死を知ることなく世を去った。私は今、父の願いを託されたように、高原の庭に、夢の形を見つけ出そうとしている。——もっとも、庭は、夢と繋がっているだけではない。「夢より団子」に変身して、胃袋を満たしてくれることがあるのだ。

タラの芽、義母が教えてくれた味

母は、花を愛でながらも、他方で「花より団子」の風情があった。と言っても、必ずしも、グルメだったわけではない。むしろ、私をはじめ、家族に美味《おい》しいものを供することに貪欲だったのである。私は、母の手作りの、旬の素材を活《い》かした料理を通じて、心身を形づくってきた。「食」は、単なる食べ物のことではなく、人間の身体、そして心の「筋肉」を形づくっていくと、彼女は、不変の真理のように固く信じていたのである。

そのためか、母は、旧暦を頭に叩きこんでいた。月のリズムが、母の育った故郷の時を刻むルールであり、それは自然の恵み、その律動と人間の営みとのハーモニーを教えてくれると信じていたからである。もし私のなかに、過ぎ去りゆくものへの強いこだわりや、ノスタルジーがあるとすれば、それは、旧暦の時間を生き抜いた母の影響かもしれない。

キムチ用の白菜や大根、ニラ、さらに旬の山菜や野草、木の実や根菜、マイタケやシイタケなど、体に良さそうなものであれば、母は、手当たり次第に農家から買い付けたり、自分で野原や山に出かけて採取したりしたのである。

私は今、高原の我が家の庭のなかに、母が野原や畑に見いだしたものを探し当てるようになった。母のようにスケールは大きくなくても、我が家の庭には「花より団子」の趣向を満たしてくれるものがある。

裏庭に「もう春ですよ」と愛嬌《あいきょう》を振りまくように顔を出すタラの芽は、旬の味の先駆けである。枝がまっすぐに伸びてあまり枝分かれせず、幹から垂直に伸びる棘で樹皮を武装したような低木の落葉樹、タラの木。それは、裏庭の人目につかないところにしっかりと根を張り、春先に新芽（タラの芽）をつけてくれるのだ。

実は、幼いころから、春を告げる食材としてタラの芽を食べた経験など、ほとんどなかった。母が、タラの芽に関心を示さなかったことが、一番の原因だ。野菜は、生か茹《ゆ》でるかして和《あ》えるか、大半はそのどちらかであった。母の「ムチする」（和える）という言葉が耳朶《じだ》に残っているくらいだから、野菜を炒《いた》めたり、揚げたりすることは、ほとんどなかったはずだ。

タラの芽と言えば、やはり定番は天ぷらだろう。しかし、韓国料理には、日本料理と比べて揚げ物が少ない。少なくとも、母の料理のレシピには、法事のときなどに昆布をさっと揚げたもの以外、ほとんどお目にかかった記憶がない。

韓国料理なら、すぐに焼肉と連想しそうだが、我が家では、肉の消費量はさほど多くなかった。生活が苦しかったころ、肉が高価であったこともあるが、何よりも、母が魚介類を好んだからである。魚や貝類を、フライパンに薄く油を塗って炒めることはあっても、天ぷらのような、油をたっぷりと使った料理は、我が家では珍しかった。

韓国では、白菜やキュウリはもちろん、キキョウ（トラジ）やゼンマイ、ワラビといった山菜の消費量が、世界でも珍しいほど多い。実は、肉よりも、野菜や魚を主とした食卓が多いのに、旬の野菜を揚げて食べることがないのは、列島と半島との食文化の違いを象徴しているのかもしれない。

旬のタラの芽の天ぷらが、実に美味であることを教えてくれたのは、妻だ。彼女は、どちらかと言えば、あまり食べ物にこだわりがなく、あり合わせのものでお腹《なか》を満たしてしまいがちである。だが、時おり、思い出したように、無性に揚げ物を食べたいと言い出すことがある。妻の実家では、揚げ物が食卓を潤してきたからだ。

妻の母——農家の娘であった義母——は、私の母とは対照的に、家業の一翼を担うこともなく、苦しいときも、楽しいときも、悲しいときも、妻としての、母としての役割を、淡々とこなしていくタイプの女性だった。また、生活の細々した改良を心がけ、あり合わせのもので用を足す名人でもあった。私の母と違って、心の起伏が激しいこともなく、いつも従容として、艱難を受け入れていく。そんな義母の子である妻は、揚げ物に目がなく、春を告げるタラの芽の天ぷらを楽しみにしていたのである。

熱々のタラの芽の天ぷらを、天然の塩をつけて頬張ると、もっちりとした味に適度の苦味が加わり、まるで春そのものが身体のなかに下っていくような爽快感がある。

私の母が、果たして、タラの芽の天ぷらを食したことがあるのかどうか、私にはわからない。でも、もし口にすることがあったら、きっと目を丸くして、美味しいと褒め称《たた》えたに違いない。

あどけなさが残る一〇代の乙女が、許嫁《いいなずけ》を訪ねて海峡を越えて以来、母は自分のなかに宿る「故郷」を必死に忘れまいとして、因習的な祭儀を守り通し、そして何よりも、食にこだわり続けた。

母がこだわり続けた「故郷」の食は、私の血となり、肉となり、体質となり、嗜好《しこう》となった。それでも、晩年の母が淡泊な「和食」を好んだように、私もまた、同じような変化を遂げつつある。日に三度、蕎麦《そば》を食べたくなるほど、蕎麦好きが昂《こう》じた。そして春先には、タラの芽の天ぷらをメインに蕎麦を味わうことが、何よりも楽しみになった。

食も、その嗜好も、「落地生根」と同じく、落ち着くべきところに落ち着いてしまうようだ。不思議にも、日本人である義母は、焼肉が大好物で、食べると元気が出るらしい。母は傘寿を過ぎて亡くなったが、義母は、卒寿を過ぎた今でも、時おり肉を食べることがある。半島と列島の、食にまつわる「因縁」は尽きない。タラの芽を口に入れるたびに、母に食べさせてやりたかったと思うのだ。

その母は、何よりも食に対して貪欲だった。母自身が貪欲だったというのではなく、愛する家族のために美味しいもの、栄養価の高いものを供したいという貪欲さだ。母自身は、決して食が太いとは言えず、むしろ細いほうだったかもしれない。

そんな母が食に貪欲になったのは、おそらく、戦時中、栄養失調で長男を亡くしたことがトラウマ（精神的外傷）になり、せめて、次に生まれた子供には、飽きるほど食べさせてやりたいと思ったからに違いない。

時おり、妻からこんなふうに呆《あき》れられることがある。

「あなた、すごいわね。朝食を食べ終わったと思ったら、すぐに夜はこれを食べたいって思いつくんだから。私なんか、何も思い浮かばないわ。やはり食べることに執着するひとって、生きるエネルギーが強いのかしら」

確かに、母親のせいで、私は小さいころから、食べることが人間の営みにとって重要な習慣であることを教えられた。ただし、食通や美食家という意味でのグルメではない。カレーや混ぜご飯（ビビンパプ）、餃子《ギョーザ》やうどんといった、B級かC級にランクされそうなものが大好きだし、食を道楽としているわけではさらさらない。鯉《こい》の洗いのような、川魚は敬遠しがちだが、それ以外はこれといって嫌いなものがあるわけでもなく、むしろ、好き嫌いはないと言っていいかもしれない。

妻もまた好き嫌いはないが、私と違うのは、私が食に対して保守的なのに対して、妻は結構、悪食なほうで、チャレンジ精神に富んでいることである。私などは、鹿肉やカンガルーの肉はもちろん、ワニの肉のステーキなど、到底、ひと口でも試食できそうにないが、妻は平気で何でも試してみようとするのである。食に貪欲でありながら、その嗜好は保守的な私と、食に淡泊でありながら、その嗜好はむしろ進歩的な妻。二人の取り合わせは、傍《はた》から見たら、結構、面白い組み合わせに見えるかもしれない。

ただ、二人とも還暦を過ぎ、高原に移ってからというもの、食べたいと思うものが阿吽《あうん》の呼吸で一致するようになったのである。食というものを通じて夫婦を見てみると、そこには二人がそれぞれに背負った、家族の習慣が垣間見える。夫婦というものは、その一緒にいる歳月を通じて、それらの違いを感じ取りつつ、いつの間にか、同じものを分かち合うようになってしまうらしい。

義母のこと

還暦を過ぎても、ひところ気胸を患ったこと以外、これといった大病にならず、いたって元気なのは何よりも母のおかげである。同時に、同い歳の妻も、病気らしい病気もなく息災なのは、義母の賜物だろう。

　義母は、母より一つ年上。もう卒寿を過ぎたが、いたって元気だ。父や母、義父もいなくなり、大正世代は、私の周りでは義母だけになった。妻とは対照的に小柄で、決して恰幅がいいわけではない義母は、耳が遠くなり、足腰が弱って、思うように歩けなくなってきた。とはいえ、今でも新聞を読んだり、テレビを見たり、また、メールをやり取りしたりと、フツーの生活を、日々繰り返している。

　時には、私が出した新刊本に目を通したりするくらいだから、高等教育を受ける機会がなかったとはいえ、母をはるかに超えた識字能力（リテラシー）をそなえているのである。寡黙で、何事にも黙々と耐え、母のような商売気などさらさらなく、家族の無事安寧を願い、日常の些事《さじ》を淡々とこなしていくタイプの女性だ。

　決して豊かではない農家の娘は、真面目一本やりの地方公務員の義父と一緒になった。二人は、派手さとはおよそ無縁の、質素倹約を旨とする夫婦だった。義母は、日々の生活に常に工夫を施すことを怠らず、既存のものを何度でも繕いながら使いこなす母親となった。

その義母が、冬でも夏でも、もっぱら部屋のなかで、介護用のベッドで時間を過ごしているのである。農家出身の主婦らしく、土いじりが「主婦業」の一つでもあった義母にとって、土から切り離された生活はきっと苦痛に違いない。それでも、何とか憂さを晴らすことができるのは、義母が文字を知っているからである。

文字を知らず、ただ自分の記憶だけを頼りに、ひたすら過去の思い出の世界に帰っていくようだった晩年の母と違って、義母は今も、メディアを通じて新しい世界と繋がっている。きっとそのことが、義母の長寿にも何がしかの影響を与えているのではないだろうか。義母は、耳が、足腰が不自由になっても、無聊《ぶりょう》を慰める術を知っているのである。

義母は、私の近況をテレビやラジオ、本などで知ることが多いらしい。妻に、私についての最新の印象を、メールで伝えてくる。今日の顔色はいつもよりいいとか、コメントの内容がわかりやすかったとか、新刊のこれこれの文章が印象に残ったとか、さまざまな感想を送ってくる。たまにそれが途絶えると、妻も心配になり、熊谷で途中下車し、母の見舞いをすることで安堵《あんど》しているところがある。

義母の面倒を見ているのは、妻の弟夫婦だ。そして、近くに棲んでいる妻の妹も、義母の話し相手になるべく、様子見も兼ねて、ほぼ毎日通っている。

独居老人のことを考えれば、義母は恵まれているに違いない。それでも、たまに会うと少し悄然《しょうぜん》としていることがある。やはり、伴侶に先立たれ、友人や同世代の知人もいなくなり、自分だけ取り残されるように生きていることに、寂しさを感じているからだろう。おそらく、義母の場合、型どおりの介護は押し付けがましく、まるで自分が生きた「廃棄物」のように扱われるようで、内心、敬遠したいと思っているに違いない。しかし、そう思いながらも、耳や足腰が思うようにならない苛立《いらだ》ちも、一抹の孤独感と背中合わせに募っているのかもしれない。

それでも、少食になったとはいえ、食欲は旺盛だ。それに、自分で身動きできないほど弱っているわけではない。彼女は近いうちに、白寿を迎えることになるだろう。人によって与えられた寿命がどうして違うのか、あれこれと思いを巡らす時があるに違いない。私は、義母が、誰よりも「人は、歩く食道である」の哲学に忠実であったからこそ、長寿でいられたと信じている。その意味では、義母こそ、私の母の理想を、きっちりと成し遂げた人なのかもしれない。

父の歯について

庭の恵みで、地味ではあるが、それでいてしっかりと存在感のあるもの、それはフキノトウとフキだ。春先、残雪をかぶった枯葉のなかから、もこっと、苞《ほう》に包まれた花茎が顔を覗かせている。それが、フキノトウである。淡緑色のフキノトウは、ひょうきんな感じで、「やっと出ましたよ」と、愛嬌をふりまいている。フキノトウは、身体に溜《た》まりがちな冬の間の老廃物を排出させる効能があり、しかも、ビタミンやミネラルが豊富だ。苦味があるが、タラの芽のように、天ぷらで食べても美味しい。

幸か不幸か、私の小さいころの食卓には、フキノトウはなかった。母が、その苦味が子供には不興に違いないと思っていたからか。

しかし、母はフキノトウやフキの葉柄《ようへい》には目もくれず、フキの葉に随分、ご執心だった。ゆがいたフキの葉にご飯をのせ、さっぱりとした味噌《みそ》をつけて包んだものを食べると、病気で食欲がなかったりしたときでも、ご飯が喉を通るから不思議だ。

風邪で寝込んで何も食べる気がしなかったときなど、母から大きな葉に包んだご飯を勧められて、ちょっとイヤだと思いながらも、口に入れてみると、実に美味しかった記憶がある。

もっとも、フキの葉は食べ過ぎると肝臓に悪いようで、母はアク抜きに随分、苦労したようだ。そんな母の苦労など意に介しない腕白ざかりの子供にとって、古めかしい時代を包んだようなフキの葉は、苦手な食べ物の一つだった。しかし、それは後々、母親の愛情を包んだ忘れがたい味として、ずっと記憶されていくことになるのである。

結局、我が家では、フキノトウも、キャラブキも縁がなく、ただフキの葉だけが珍重されたことになる。だから、妻と知り合って、特にキャラブキの味を発見したのは、とても大きな収穫だった。

実は、おにぎりのなかの黒っぽい茎のようなものに初めて出会ったとき、食欲が一挙になくなっていくのがわかった。どう見ても、美味しそうには見えなかった。それでも、恐る恐る手にとって、舐めるように口のなかに入れてみると、意外といける。シンプルな醬油の味が、おにぎりとハーモニーを作り、私は、キャラブキと握り飯との相性の良さに感心してしまった。

以来、おにぎりというと、キャラブキを連想するほど、大ファンになってしまった。といっても、キャラブキは、きっとフキの茎に違いないと思っていたのは、私の早合点だった。フキの茎は地下にあり、その根茎から地上に葉を出している。キャラブキは、葉と茎を繋いでいる葉柄の醤油味の佃煮《つくだに》なのだ。その味の良し悪しは、シンプルではあるが、醤油に左右され、奥が深い。

しかし、それがどんなに滋味溢れる、奥の深い味であっても、歯ごたえがなければ、私はきっと敬遠したに違いない。

小さいころから、私は、母の食への強いこだわりを通じて、ほとんど歯医者の世話にならずに古希を迎えようとしている。母は、亡くなるまで、虫歯や歯槽膿漏《しそうのうろう》に悩まされることはなかったし、父も、入歯など無縁のまま、その生涯を終えた。

父親の、小気味いいほど軽快にモノを咀嚼《そしゃく》する音は、子供心に強い印象を残した。その顎の動きのリズムと、咀嚼する音は、モノを食べるとはどんなことなのか、無言のうちに教えてくれたのである。そして、いつの間にか、私も父親とそっくり同じことを繰り返していることに気づき、食は遺伝するのではないかと思うようになった。

顎のエラの張った骨格、食べるときの顎の使い方、そして、咀嚼する音まで、父親そっくりの自分がいることに、不思議な気持ちがしないわけではない。食の遺伝を通じて、私の歯は、今でも衰えを知らない。しっかりとモノを咀嚼し、固いものにも怯《ひる》まない。それは、父と母が残してくれた遺産であり、歯ごたえのあるキャラブキを噛み砕くたびに、私のなかに、父が生きているように思うのである。

父と母の、人並み以上に強靭《きょうじん》な歯は、異国の地で生きた庶民の、何ものにも挫《くじ》けなかった意気込みを示しているように思える。私もそれを受け継いでいるのだ。

漱石はジューンベリー

可憐《かれん》な白い花で微笑み、しかも、その実も役立つのは、我が家の裏庭に生えるジューンベリーだ。裏庭は、表と比べて「カブキさん」の手入れもさほど施されているわけではなく、ちょっとした雑木林の風情になっている。

それでも、菜園の近くにジューンベリーがひっそりとその枝を伸ばし、春先には白い花を咲かせて、目を楽しませてくれる。細長い五弁の花は、桜のように華麗な感じはしないが、柔和に微笑み、見ていていじらしい。

しかも、六月になると、赤い実が黒紫色に熟し、自然の恵みを差し出してくれるのである。ジューンベリーの実には、ポリフェノールが含まれ、白内障にも効くと同時に、歯や骨にもいい。食物繊維やビタミン、ミネラルも豊富だ。

そう言えば、妻は、私の白内障を案じて、ジューンベリー系のサプリメントをずっと飲むように勧めていた。かれこれ二年以上にわたる服用で、白内障の術後の経過は順調、確かに、ぼーっと目がかすむことが少なくなったように思う。ジューンベリーは、私の目の恩人なのだ。

穏やかで微笑みを絶やさず、可憐な白い花を咲かせながら、楚々《そそ》として実を結び、しかも、我が身をもって人を助けてくれるジューンベリー。そんな女性がいるとしたら、きっと私も大いに惹きつけられるに違いない。

ジューンベリーと、可憐な楚々とした女性。今から一三〇年ほど前、帝大生だった若き夏目漱石は、眼病で毎日のように通っていた眼科で、以前から心惹かれていた、細面の美しい娘に突然出逢い、驚愕したという（荒正人《あらまさひと》『漱石研究年表』）。

実は、私も、その神田駿河台《するがだい》にある眼科（井上眼科病院）に通い、白内障の手術を受けたことがあるのだ。確かに、それは偶然に過ぎない。それでも、私は、漱石が教鞭《きょうべん》をとった旧制第五高等学校（現・熊本大学）で遊び、三四郎池を眼下に望む研究室で一五年を過ごし、そして同じ眼科に通っていたのである。これらの偶然に、ジューンベリーを加えると、何やら縁のようなものを感じざるをえない。

物心ついたころから、漱石は、身近な存在だった。漱石に因《ちな》んだ場所が、私の育った環境の一部となっていたからだ。四年数ヶ月に及ぶ漱石の熊本時代は、松山時代ほど知られてはいない。熊本の小天《おあま》温泉を舞台にしていると言われる『草枕』が霞んでしまうほど、小説『坊っちゃん』の印象が強烈なためか。それに、『草枕』は『坊っちゃん』ほどやさしい書き方ではなく、漢詩や英詩、謡曲や能など、多彩なジャンルに跨がり、文豪の衒学《げんがく》趣味が満載で、読み進むのに骨が折れることは間違いない。そんなことも、こと漱石に関する限り、熊本が、松山に引けを取っている一因になっているようだ。

それでも、私には、漱石は漱石だ。

東京オリンピックの翌年——一九六五年、列島中が熱狂した世紀の宴《うたげ》の後、東京を見たさに、無謀にも、同級生二人と家出をしたひと夏の冒険。どこまでも続く東京の広さに驚愕し、熱に浮かれたように、破壊と建設を繰り返す東京に度肝を抜かれ、「トーキョー酔い」に頭がクラクラしそうになった少年時代。

「スタンド・バイ・ミー」のようなひと夏を終え、熊本に無事「生還」したとき、建物も、大人たちも随分、小さく見えた。

しかし、もっと驚いたのは、漱石の『三四郎』の帝都・東京の描写が、私の体験とあまりにも似通っていたことだ。以来、私は漱石の虜になっていった。中学三年生の理解度など、たかが知れていたに違いないが、それでも、文豪がより身近な存在になったことは間違いない。

でも、作品をいくつか読み進むうちに、その印象は、明から暗に変わっていった。それは、中学から高校にかけて訪れた、私自身の変化でもあった。

憂鬱だった。好きな野球から遠ざかり、学業もままならず、幼友だちとも疎遠になり、男女の淡い交わりすらなく、父や母たちの世界を疎ましく思っていた「迷える子《ストレイ・シープ》」、それが私だった。

漱石の世界の主人公たちが、自意識過剰で、悩み多き「半端な」青年や大人たちであることを知れば知るほど、彼らが私の未来の姿のように思えて、ますます、その世界に唯一の「避難所」を求めていったのである。出自も含めて、悩み多き思春期の憂鬱と重なり合い、私はいつの間にか、漱石の世界に慰めを求めるようになっていた。

その後も、人生の曲折のたびに漱石の世界を読み返し、気がついてみたら、私は、彼より、ひとまわり以上も年上になっていた。文豪の老成した顔と比べても、自分はまだ若造の表情が残るのに、年齢だけは、かの文豪を上回ることになったのだ。

それでも、夏目漱石も、「人の子」「時代の子」であることに変わりはない。漱石と明治、漱石と近代日本、漱石とアジア、漱石と朝鮮などのテーマを考えていくにつれ、漱石は人生の、歴史の謎を解き明かそうとして、道半ばで果てた人というイメージが湧いてくるようになった。

人間が一つの謎であり、その営みの集積である歴史も一つの謎である。そこには、お決まりの解答などあるわけがない。しかし、人間なんてそんなもの、歴史なんてそんなものと、したり顔ですべてを相対化したりせず、その謎を解き明かそうと努力を惜しまないこと。そこに、人間の人間たる尊厳が宿っている。

私には、そう思えるようになった。

日本と朝鮮半島とが抱えこんだ歴史の葛藤や桎梏《しっこく》も、それを一刀両断に断ちきることができるわけではない。手に負えない難問を、誰も思いつかないような大胆な方法で簡単に解決してしまうことなどできないのだ。たった一人の人生でさえ、そうであるように。

ただ、諦めず、人生の、そして歴史の、解けない謎を、解き明かす努力を続けていくこと。それこそが、生きる意味かもしれないと思うようになったのである。漱石が教えてくれたことは、いたってシンプルなのかもしれない。ジューンベリーが、白内障気味のモヤモヤとした視界の曇りを取り除いてくれるように、漱石の世界は、私の心の目の霞を取り除く、もう一つのジューンベリーとなったのである。

土いじり

高原に移り棲み、自然の延長のような庭で、土いじりを愉しみたい。それは、私たち二人の共通の願いだった。土には、野草や微生物が同居し、また、自然の悠久の歴史が堆積している。

土を掘り起こしたり、いじったりしながら、花や野菜を育て、自然の恵みに浴することができれば、心身ともに癒され、泥遊びに興じた子供時代にもどった気になるかもしれない。このささやかな願いを叶えるべく、妻と私は、我が家の庭の隅に幅三メートル、長さ一〇メートル近くの菜園を設えることにしたのである。

隣家の垣根と、リビングに通じる小さなテラスを仕切る壁に挟まれ、日差しに恵まれた我が家の菜園。場所を決めたのは、物知り博士である。

「ここがいいわ。ここにしましょう。栗《くり》の木がちょっと邪魔だけど、日差しもいいし。ここなら、きっと豊作間違いなしね」

右も左もわからない野菜づくりだが、妻は私以上に張りきっているし、元気だ。

場所は決まった。仕事始めは、まず土を耕すこと。土を何度か掘り起こしたり、かき混ぜたり、できるだけ空気と触れ合うようにさせることが肝心だ。もちろん、これも妻からの受け売りであるが。

私は、ちょっとしたスコップか鍬《くわ》のようなものを用意すれば、後は何とかなると、気楽に構えていたが、それは甘かった。結構、いろいろなものが必要なのだ。鍬や移植ゴテ、木柄スコップなどは馴染みのものだが、アメリカンレーキなど、使ったことは一度もなかった。竹製の熊手を、頑丈な鉄製の爪にしたようなその道具は、雑草や落ち葉、石ころをかき集めるのにいいし、土塊《つちくれ》を砕いて均《なら》すのにも便利らしい。

そう言えば、映画「ショーシャンクの空に」で、囚人たちが、乾ききった土地の石ころを、ホコリを舞きあげながら、鍬や、熊手のようなもので掻き集めているシーンがあった。あれは、アメリカンレーキだったのだ。

亡くなった息子も、この作品が大好きだった。刑務所の壁を、海水が岩を浸食するように、少しずつ掘り崩し、そのトンネルを潜《くぐ》り抜けて脱出に成功し、メキシコの紺碧《こんぺき》の海と空を目指し、颯爽《さつそう》とオープン・カーを走らせる主人公。そんな姿は、精神的な病の檻から自由になりたかった息子の願いを、叶えているように見えたのかもしれない。

園芸に必要なのは、道具だけではない。土壌にかかわる石灰か草木灰、さらに堆肥も用意しなければならないのだ。

というわけで、まずは車でホームセンターへ。

何とか道具は見繕ったものの、土壌の改良に必要な石灰が、結構、紛らわしい。すぐに思いつくのは、消石灰だ。消石灰はむかし、ラインパウダーとして校庭のライン引きなんかに使われていた。生石灰に水を加えたもので、アルカリ性の水酸化カルシウムでできている。だが、菜園に適した土壌は、重くもなく、軽くもなく、適度な酸性が保たれ、水はけがよくて、それでいて保水と保肥にすぐれ、微生物が多く混じっているのがいいらしい。

高原は、浅間山の南麓の穏やかな斜面に位置し、表面は、火山礫《かざんれき》や火山灰に覆われているため、我が家の菜園にも、小石がごろごろしている。土いじりは、そうしたものを取り除きつつ、土を掘り起こし、そして鍬などで耕しながら、土粒を細かくしていくのだ。

晴天の日、空気は乾き、日差しは強い。

それでも、時おり、少しひんやりとした感じの風が吹き抜けていく。

強い日差しが苦手な妻は、完全武装の構え。手甲脚絆《てっこうきゃはん》のいでたちで、手ぬぐいで頭を覆い、その上に、つば広の麦わら帽子をかぶり、通販で買った今風の薄茶の割烹着《かっぽうぎ》に、ゴム長靴を履いている。

私のほうは、グレーの上下のジャージにゴム長靴、野球帽をかぶっただけの、いたって簡単な身なりだ。妻のいでたちを見ていると、母親の姿が思い浮かんでくる。春の七草狩りや芋掘り、潮干狩りに余念のなかった母とそっくりなのに、一瞬、驚くとともに、懐かしさが湧いてくる。

作業は重労働で、腰がもともと弱い私にとってはひと苦労。それに、スコップで土を掘り起こすことなど、この数十年、ずっとご無沙汰だった。左足のゴム底で、剣先の背の部分を押し、ザクッ、ザクッ、と地中に切りこみながら、土を浚《さら》っていく作業の繰り返し。額には汗が滲み、腰にも鈍痛のようなものが走り、なかなか骨が折れる。

「あなた、少し休んだら。休んでいるうちに、私が鍬で土を細かくしておくから」

妻の言葉に甘えて、どんぐりの木の切り株に、どっこいしょ、と腰をおろす。帽子を取ると、汗ばんだ頭がひんやりと涼しく感じられ、そよ風が頬をかすめる。

私と同じように腰が弱い妻は、鍬の刃を高く振りあげるのではなく、むしろその部分の重みを利用した振り子運動の要領で、手際よく土塊を砕いていく。

どのくらいの時間が経っただろうか、ひと通り満遍なく鍬入れが済んだころ、さすがに妻も、中腰の作業が続いたせいか、手を休めて、身体を反らせ、片手でトントンと腰を叩いている。額には汗が吹き出し、何かをやり遂げた達成感が、表情に溢れている。

そこで役割交代、今度は、私が、屈《かが》んだ姿勢で、軍手を嵌《は》めた両手で土塊をすくいあげ、親指に力を入れて細かく砕いていく。

妻は、どっこいしょ、という仕草で切り株に腰をおろし、麦わら帽と手ぬぐいを取って、涼しげな顔で私の作業を見守っている。スコップや鍬を使った作業よりは、はるかに楽なせいか、作業はスピーディーに進み、ドヤ顔で、成果を妻に自慢できるほどの出来となった。

見上げると、日差しは和らぎ、薄曇りが広がっている。掘り起こされ、砕かれていく土の匂いが、遠い記憶を刺激し、泥んこになって遊んだ幼いころの思い出が蘇ってくるようだ。土の記憶を弄《いじ》っているうちに、時間はゆっくりと流れ、菜園ごと、別の世界にスリップしたような感覚にさせられる。我に返るような心地で、せっせと土塊を砕いている妻の様子に目を移すと、作業はほとんど終わりに近づいている。

もう正午を過ぎたころだろうか、空を覆っていた薄曇りの雲はいつの間にか消えてなくなり、日差しがもろに照りつけている。心地よい風が、乾いた暖かい空気をかき混ぜるように、そよそよと吹いている。

午後の気だるいほどの静かな菜園に至福の時間が流れて、妻と私も期せずして目と目を合わせ、顔が綻んでいく。

地面から切り離され、土いじりとは無縁だった人間が、古希に近い歳になってから、こんな体験をするようになろうとは、夢にも思わなかった。

韓国から海峡を越えて日本に渡ってきた人びとの多くが、自作や小作を含めて、農業と深いかかわりを持っていたはずなのに、私の父や母がそうであったように、彼らのほとんどが、日本では農地の所有を許されていなかった。「在日コリアン」と呼ばれる人たちの就業割合で最も少ないのは、第一次産業に違いない。農民でありながら、農地を持てない悲哀。彼らは、結局、零細な商業や下請け、流通や金融、サービス業に活路を見いださざるをえなかった。しかし、そのことが、私のなかに曰《いわ》く言い難い、暗いイメージを与えることになったのである。

「賤民資本主義《パーリア》」、「ユダヤ資本」、「在日コリアン」という勝手な連想が、私を捉えて離さなかった。それらが醸し出す「寄生《パラサイト》」のイメージは、常に、不健全なニュアンスと一体になり、正業とは無縁な少数者というステレオタイプを、心に植え付けることになったのである。

土地とその所有の形態、その変遷と、その上に聳える共同体の解体過程に、資本主義の起源を探ろうとする発想そのものに、私はどこか馴染めなかった。それは、自分の出自と関係して、寄生というイメージを払拭できないからだ。

かつて街の人口の約四分の一がユダヤ人であった、ポーランドの古都、クラクフ郊外のシナゴーグ（ユダヤ教の礼拝堂）を訪れたときに、人のよさそうなラビ（ユダヤ教の聖職者）が語っていた言葉が忘れられない。我々ユダヤ人は、好き好んで土地から切り離されたのではなく、そう強制させられた。だから、農業とは無縁であったのだ、と。ユダヤ人の悠久の歴史とは比べようもないが、「在日コリアン」もまた、そのような境遇を余儀なくされたのだ。土にまつわる歴史を思うと、土いじりがしたくなるのも、決して偶然ではないように思えてくる。

植える

昼食は、握り飯にたくあんと味噌汁、いたってシンプルだ。おにぎりのなかには、佃煮のキャラブキが入っている。醬油味のしょっぱさが、汗をかいたせいか、普段より美味しく感じられる。

「美味しいね、おにぎりって。やっぱり体を動かして、汗をかいたせいかな」

「そうよ、きっと。でも、あなた、さっきからもう三個も頰張っているのよ。珍しいわね」

気がついてみると、ムシャムシャと握り飯を三個も平らげていたのである。いい塩加減に、手触りの感じられる握りの硬さ、それに、サッパリとしたたくあん、そして……、そうだ、竹の皮があれば、文句なしだ。思わず、心のなかで呟いていた。

いつのころだったか、重労働で汗ばんだ大人たちに交じって、竹の皮に包まれたおにぎりとたくあんを食べた記憶が蘇ってくる。竹の皮のどこか生々しい匂いと、いい塩加減で握られ、一粒一粒が輝いていたおにぎり。そのなかには、いつも麦味噌か梅干しが入っていた。

大人たちの間で、どういうわけか、私はいつも可愛がられた。

兄は、五歳年上だった。そのせいか、兄と一緒に遊んだ思い出は、わずかだ。兄にとって、かなり年下の弟は、遊び相手としては物足りなかったに違いない。それもあって、私はいつも、大人たちの間にいた。

第二の父のような「おじさん」も含めて、身の回りの大人たちの多くが、人生の敗残者のような、曰く言い難い背景があった。彼らは、自分たちが、堅気の生活とは縁遠い存在であり、社会の底辺を動きまわるあぶれ者であることを、自認し、受け入れていた。我が家は、そうした人びとが蝟集《いしゅう》する場所だった。

そして、そのなかに金子さんもいた。わずか一三歳のときに、植民地からはるばる海峡を越えて、九州へと流れ着いた金子さんは、博多を中心に、汚泥と廃物のなかを這いつくばるような思春期を送った末に、ハンセン病を発病し、その後は熊本の菊池恵楓園《けいふうえん》に収容されていた。

おにぎりを頬張りながら、何やら難しい話に時間の経つのも忘れて夢中になっていた金子さんと「おじさん」。そのおにぎりは、生々しい竹の皮に包まれていた。春先の陽気のなか、彼らの汗と竹の皮、そして麦味噌の匂いが鼻の粘膜を刺激し、食欲をそそった。

しかし、彼らが「食べてごらん」としきりに勧めてくれたのに、私は首を横に振ったまま、逃げるように家のなかに隠れてしまったのだ。恵楓園の金子さんとハンセン病とおにぎり。その連想は、私を恐怖に陥れた。おにぎりを食べたら、きっと体が蝕《むしば》まれ、いつか顔も歪《ゆが》み、溶け出していくのでは……。中学生になったばかりの私は、妄想に追いかけられるように、金子さんを忌み嫌っていた。

それでも、汗とおにぎりと麦味噌、そして竹の皮の匂いには、子供には近寄りがたい、労働の気高い何かが漂っていた。

異国の地で、人生の敗残者であることを因果として受け入れ、寡黙にそれに耐え続けた彼らにとって、故郷は忘じがたく、分断された祖国を、彼らなりのやり方で案じていたに違いない。「おじさん」は還暦を迎えることなく他界したが、病に冒されていた金子さんは、米寿まで生きた。その間、父も母も亡くなり、金子さんだけが、長寿を全うしたことになる。

亡くなる数年前、過去のことを詫《わ》びたいと、数十年ぶりに再会した私に、優しい言葉をかけてくれた金子さん。生きて、生きて、生き抜くことが、わしらの矜持だと、毅然《きぜん》と語ってくれた彼も、程なく、異国の地で骨を埋めることになった。

彼らが生きていれば、南北の和解と米朝首脳会談を、どんな思いで迎えたことか——。汗とおにぎり、竹の皮の匂いは、彼らの体臭とともに、私の記憶のなかにしっかりと刻みこまれている。

思い出に浸るのも束の間、石灰や堆肥を撒き、そして、畝《うね》を作る作業が待ち受けている。やれやれ、またひと仕事か。骨が折れそうだ。難儀に思う私の胸の内を察したのか、妻は、

「疲れたでしょう、撒くのと畝作りは、ぼちぼちやればいいわ」

と、言ってくれる。それでも、いくぶん重い足取りで作業に取りかかる。相変わらず、

午後の日差しは強い。石灰や堆肥などを鋤《す》きこんで混ぜるのは、私の役割だ。妻の器用な鋤《すき》さばきを参考に進めていくと、自分も意外に思うほど、手際よく終了。腰を屈め、スコップで畝の高さを均一にしていく仕事も、単純なようでいて、思いのほか根気がいる。その作業を、妻が買って出たのである。

すべてが片付いたころには、日暮れの気配が漂っていた。

「ヤッター、出来上がったわ」

歓声とともに、腰を伸ばして立とうとするが、腰砕けになり、妻は、フラフラと切り株のところになだれこむように腰をおろす。

数日後の日曜日、連休の騒がしい空気も一段落し、高原が一年で最も清々しく感じられる季節がやってきた。平地よりも一ヶ月遅れの、本格的な春の到来。

春ののどかな日差しを恨めしく思ってか、冷たい空気が、冬の名残のようにしぶとく居座っていた四月も終わり、高原は、ポカポカと暖かい空気に包まれ、花も木も、鳥も虫も、競うように生きる喜びを歌いあげている。

さあ、やっと苗植えが始まる。妻と私が選んだのは、夏野菜の定番であるナスとキュウリとミニトマトだ。最もありふれていて、最もよく食べる野菜と言えば、この三つに限る。それらは、食べ物について、極めて保守的な私の趣向にもぴったり当てはまっている。妻も、私の趣向を汲《く》んで、定番の野菜を選んでくれた。

ホームセンターでイキのいい苗を選び、今日のために準備しておいたのである。

こうして苗植えが始まった。

まずはナスの苗植えだ。苗はすでに四、五枚ほど本葉が出ていて、ちょうどいい頃合いだ。妻の指示で、五〇センチほど株間を設けて植えていく。妻も私も、祈るような気持ちで、最後はトントンと軽く土を叩く。

でも、それだけで終わりではない。妻によると、ナスの茎は風で折れやすく、弱いので仮の支柱が必要なようで、妻はすでにそれを準備していたのだ。

ナスの苗植えはどんどん進み、支柱も手際よく立てられていく。さらにキュウリとミニトマトという具合に、苗植えは順調に終わった。

「やっと終わったね。野菜づくりがこんなに手間がかかるとは、正直、少し驚いたよ」

「あなた、これで驚いてちゃ、ダメ。この後、追々、支柱を立てたり、ビニールを張ったり、追肥や水やりもしなければ。それにトマトなんか、わき芽をかいたり、摘果といって、ひと房につく実の数を制限したりする作業が必要なのよ」

「まだ、そんなにやることが残っているんだ」

「まぁ、あなたは忙しいし、全部一緒にやるわけにはいかないけど、少しは手伝って」

「そうだね」

「とにかく、収穫が楽しみね」

「うん、そうだね」

菜園に優しく降り注ぐ日曜日の午後の陽光は、どこまでも柔らかかった。

枯れたトマト

キュウリやナス、ミニトマトのなかで、内心、最も期待していたのは、ミニトマトだ。いつのころからだろうか、トマトが、朝食に欠かせないメニューになったのは。とりわけ、トマトジュースは、朝の定番になった。

長野県産のトマトジュースにレモンを搾って垂らし、酸っぱさごと飲まないと、一日が始まらない。その上、ミニトマトをスクランブルエッグに混ぜて食べるのが、私の好物だ。

「食べ物で好き嫌いがあるといかんけんね。栄養のあるもんは何でも食べんと。ばってん、好きなものがないともよかこつじゃなかけんね。好きなもんば食べたかて思とれば、健康な証拠たい。好きなもんば思いつかんごつなったら、心配ばい」

母の教えの通り、私は弱ってきたと思ったら、できるだけ好きなものを食べるようにしている。というより、逆に好きなものを食べたいと思っている限り、病気にはなりにくいのかもしれない。

というわけで、私は、艶々のミニトマトが、所狭しと実るのを期待していた。

しかし、妻も私も、実がつきはじめるころに追肥をしてやればよかったのだが、旅行で長らく留守にしたことがアダになった。しかも、例年にない長雨と、雨が上がった後の打って変わったかんかん照りで、茎も葉も枯れ、実がついても割れ目が入り、何やらしょぼくれたものしか残らなくなったのである。

「ダメだったわね、今回は。でもまた来年、やってみましょう。ミニトマトってやさしそうで、結構、難しいのね。でも、追肥と水はけ、そして日よけに気をつければ、きっと大丈夫よ」

自らを慰めるように、妻が来年への決意を表明。私も、内心、彼女以上にがっかりしたが、こんなことでへこたれてはと、威勢のいい決意表明。

ただ、皺だらけのミニトマトを眺めていると、何だか、将来の自分の姿を見ているようで、少し侘しくなる。妻もどうやら、私と同じ思いのようだ。でも、よくよく見ると、トマトはトマトだ。その割れ目が、何やら人生の苦悩を表しているようで、かえって愛《いと》おしく見えてしまう。

「こんなしょぼくれたトマトだけど、けっこう味があるじゃないか。食べられるかどうかわからないけれど、干しトマトにしてみようか」

妻にも笑顔が戻った。私も、何だか諦めがついたようで、サバサバした気分だ。母の屈託のない言葉が、ふっと蘇ってくる。

「どんなことでも、何とかなるとよ」

第三章　花の色

永遠の幸福

春が萌《きざ》す日曜日の午後、陽《ひ》だまりの廊下に籐椅子《とういす》を持ち出し、ゆっくりと足を伸ばして新聞を読む。これが、たまの休みの午後、ホッとする時間だ。

ただ、二〇一七年のことを憶《おも》うと、当時は新聞を広げることすら、苦痛だった。北朝鮮の挑発的な核実験とミサイル発射が連続し、まるで臨戦態勢にあるかのような不穏な空気が流れていたからである。

忘れもしない、あの初秋の日（九月一五日）の早朝、窓越しに朝日がさし、うっすらと目を開けてふたたび寝入ろうとしたその瞬間、枕元の携帯がブルンブルンと唸《うな》りをあげ、同時にけたたましくサイレン（Jアラート・全国瞬時警報システム）が鳴り、北朝鮮のミサイルが上空を飛び越えていったことを告げられたのだ。

「またか、もういい加減にしろ」。私の心はささくれ、同時に、高原の朝の静けさを打ち破る無粋なサイレン音に、ザラザラとした違和感を覚えていた。こんなことをやって安全が確保できるわけはない。むしろ、不安を煽《あお》るだけではないか……。そう思いつつも、高原も、安全な場所ではないかもしれないという暗い予感に襲われていた。

妻の顔にも不安の影が宿り、「こんなことを続けてたら、いつか戦争にならないかしら」と口走っている。

私も、内心、「もしかしたら」と思いつつも、「いや、大丈夫だよ。必ず、どこかで変わるときが来るから」。そう慰めながらも、それがいつなのか、アテがあったわけではなかった。

ミサイルは、新型の中距離弾道ミサイル「火星《ファソン》12号」で、最高高度は約八〇〇キロ、飛行距離は過去最長の約三七〇〇キロに達し、北海道上空を通過して襟裳《えりも》岬東方の太平洋上に落下した。確実に、北朝鮮のミサイル能力は向上し、飛行距離は、米軍基地のあるグアム周辺に達することは間違いなかった。北朝鮮はすでに八月、グアム周辺を中距離弾道ミサイルで包囲射撃すると予告していた。今回のミサイル発射が、それを想定していることは明らかだ。しかも、ミサイルは、高角度で打ちあげ飛距離を抑えるロフテッド軌道ではなく、通常軌道に近い角度で発射されており、北朝鮮の挑発は、超大国・米国の軍事的報復を招きかねない、ギリギリの臨界点に達そうとしていた。

軍事的衝突も覚悟しなければ。

米朝両国の指導者間の激しい「口撃」の応酬が、そんな憂鬱なムードを、一挙に押しあげることになった。「ロケットマン」「老いぼれ」といった、国際政治ではほとんど耳にすることのない激しい言葉の戦争が繰り広げられ、国連でトランプ米大統領が、「北朝鮮を完全に破壊するしかなくなる」という、まかり間違えば、宣戦布告とも取れる過激な発言をし、世界は騒然となった。これに対して「ロケットマン」からは、水爆実験をほのめかす超強硬措置をとるとの声明が出され、タガが外れたように、戦争は不可避の空気となりつつあった。

降って湧いたようなただならぬ戦争の気配に、多くの人びとは、これまでにない不安を感じていたに違いない。ただ、ミサイルが実際に自分たちを直撃し、最悪、核戦争が勃発することになると言われても、実感はなかった。危機は切迫しているのに、ほとんど現実感がない、そうした奇妙な感覚に宙づりにされているようだった。

新聞やテレビ、ネットの情報を見るたびに、私は気が滅入った。朝鮮戦争の年に生まれ、そして古希を数年後に控え、ふたたび戦争が始まるとすれば、戦争と平和のはざまを生きたのではなく、戦争と戦争の間を生きたことになる。何という皮肉だろう。何という歴史の女神の復讐《ふくしゅう》なのだろう。もう十分、犠牲を捧《ささ》げたではないか。私のなかに陰鬱な気分が、泥濘《でいねい》のように淀んでいた。

さらに私の心が暗くなったのは、どのメディアや雑誌、本の類にも、「米朝もし戦わば」「米軍は北朝鮮をこう叩く」「金正恩に対する斬首作戦」といった、戦争熱に取り憑《つ》かれたような禍々しい言葉が氾濫するようになったからである。テレビでコメンテーターとして発言するたびに、私は身が捩《よじ》れるような思いをせざるをえなかった。戦争を避けたい、避けなければならない。残念ながら、現状はまったく反対方向に、スローモーションではありながら、確実に戦争へと向かいつつある。それでも、針の穴にラクダを通すような困難な道であろうとも、解決法はあるはずだ。

「頭のなかはお花畑ですね」と揶揄《やゆ》されようとも、この二〇年近く一貫して揺らぐことのなかった確信――北朝鮮・韓国・日本・中国・ロシア・米国の六者協議を通じた、北東アジアでの平和構築の道――を、諄々《じゅんじゅん》と説いていくしかない。そう思いつめながらも、時には、内心怯んでしまうことがあった。

そんなとき、何よりも慰めになったのは、高原の清々しい空気と木々や花々だった。深まりゆく秋の、どこまでも高い青空を眺め、少しずつ色づき出した庭の景色を漫然と眺めていると、人間の営む歴史というものが愚かに見えてくる。そして自分もまた、愚かだ。その愚かな私たちを、ただ沈黙のうちに包みこんでくれる高原の秋は、それだけでしばしの救いだった。

しかし、新型の中距離弾道ミサイルの発射から二ヶ月半、やっと戦争熱も少しはクールダウンしたかと思ったころ、北朝鮮は、火星15号と称する超大型の、核弾頭搭載可能なミサイルの実験を強行し、世界に衝撃を与えた。もし大気圏再突入にも耐えられる核弾頭の軽量化に成功しているとすれば、火星15号は北朝鮮の主張している通り、米国本土を射程に含む大陸間弾道ミサイル（ＩＣＢＭ）ということになり、超大国の安全そのものを脅威に晒すことになりかねなくなったのである。キューバ危機以来の、いやそれを上回るような危機に、世界終末時計は、滅亡まで二分の時を刻んだ。

にもかかわらず、私には、これが反転し、一挙に「平和的な」交渉のゲームの始まりになるのではないかという予感があった。

火星15号の発射で、北朝鮮の最高首脳が、「国家核戦力完成の歴史的大業」と宣言したからである。それは、誠に勝手なロジックとはいえ、北朝鮮が米国と対等の立場に立った――少なくとも、米国本土を射程に収める核戦力を持つようになった――ということを意味し、次は、米国との交渉に転じるのではないか。私は一縷《いちる》の望みを託し、いわば「慎重な楽観論」の立場で、新たな局面打開がなされることを期待していた。

もちろん、識者や専門家、ジャーナリスト、さらにワイドショーなども含めて、私のような楽観論が入りこむ隙間はどこにもないように思え、孤立感は深まる一方だった。

しかし、年が改まり、金正恩委員長が二〇一八年の新年の辞で、平昌《ピョンチャン》冬季オリンピックへの参加を表明し、そのために必要な代表団の派遣を提案すると、戦争モードは一転、平和モードへと移り変わっていくことになった。

もっとも、南北融和に前のめりの韓国の文在寅政権を日和見としてクサすような報道も見られ、平昌オリンピックも盛りあがりを見せながらも、それが南北の駆け引きに利用されているという非難がずっとくすぶり続けていた。しかも、オリンピックが終われば米韓合同軍事演習が始まる予定で、それに反発する北朝鮮の強硬措置による四月危機説がまことしやかに取りざたされていたのである。

どうして性懲りもなく、米朝間の軍事的な衝突を煽りたがるのか。それが韓国だけでなく、日本にとっても、再起不可能なほどの人的、物的被害をもたらすかもしれないことを、どうして想像できないのか。私の反発は、憤りに変わっていた。

しかし、事態は二転、三転し、米韓合同軍事演習は、規模を縮小しながらも実施され、北朝鮮からの挑発的な反応はないまま、ことなきを得たのである。平和モードは続いている。

不穏な日々が始まる前まで、私は新聞を読むのが欠かせない日課のようになっていた。いつものように新聞をたたんで硝子越しに庭に目をやると、妻が身を屈めて両手をつき、頰が土につくほどしげしげと何かを見つめている。やがて、両膝をついてポケットから出したスマフォでパチリ、パチリと、しきりに土塊のようなものを撮っている。よく見ると、鮮やかな黄色が枯葉を押しのけるように、もこっと顔を出しているのがわかる。

何を撮っているのか、重たい硝子戸を開けて聞いてみたいと思っていたら、妻が陽だまりで寝そべっている私を見つけて、一目散に駆け寄ってくる。何か重大なものを発見した喜びで目を爛々《らんらん》と輝かせながら、硝子戸をトントンと何度も叩いている。

その勢いに押されるように私は硝子戸を開けた。

「あなた、見た？　咲いているのよ」

「何が……？」

「来て、来て、見ればわかるから」

そう告げると、妻はまた、ミズキの木陰の、枯葉が落ちている苔むしたところに、いそいそと戻っていく。

たまの休みの日曜日の午後、うららかな春の陽だまりで、のんびりと過ごしたかったのに……。

煮えきらない気分で、妻のところに近寄ると、まるでモグラがこんにちはと愛嬌のある顔を出すように、黄色い色あざやかな花が、数ヶ所、目にしみるように咲いている。

「わかる、何か？　福寿草よ。綺麗《きれい》でしょう」

妻は自分だけの宝物を、内緒で見せるように、どことなく自慢げで嬉しそうだ。

「福寿草はね、春を告げる花で、元日草や朔日草《ついたちそう》とも言うのよ」

短い茎の上に、もこっと、真っ黄色の花を咲かせる福寿草は、私の大好きな花の一つである。

太めのひげ根を生やし、若葉もヨモギの葉に似て、決して格好がいいとは言えないのに、まるでねぇねぇ私を見て見てと、しきりに人の目を惹きつけようとする乙女のような初々しさが感じられる。

「あなた、知ってる。福寿草の根には利尿作用があって、民間薬として重宝がられているのよ。ただ毒性も強いの。福寿草は毒草なのよ」

そうなのか、でも、妻の口からは意外な言葉が。

「毒草だけど、花言葉は〝永遠の幸福〟なのよ。乙女のような黄色い花びら、毒、そして〝永遠の幸福〟」

後で少し調べてわかったことは、福寿草は、春先に現れ、晩春には姿を隠す「スプリング・エフェメラル」らしい。「エフェメラル」とは、束の間の儚さを指している。

福寿草のような「スプリング・エフェメラル」は、花を咲かせて枯れて地上部から姿を消し、そして落葉樹の林床となるのだ。春の儚いひと時を精一杯生きて、樹林を生かすための林床になる。福寿草は、南北分断のなかで統一を願いながら、束の間の春を精一杯生き、そして次の世代への「林床」になることを望んで果てた人びとの、生まれ変わりのように思えなくもない。私もまた、福寿草となって、生まれ変わるのかもしれない。

小さな天使

菫《すみれ》程な小さき人に生れたし（夏目漱石）

高原では、平地の花によく見られる、葉が肉厚で花弁も大ぶりなものは滅多にない。小さくて、可憐で、しかも背伸びをせず、自分らしく花を咲かせ、空にも、人にも無関心なようでいながら、それでいて人の心を慰めてくれる。そんな小さな花が多い。

南国育ちの私などは、常緑でたっぷりと太陽の恵みを受け、葉が肉厚な上に艶があり、花もエロチックな赤い唇を思わせるような椿《つばき》に慣れ親しんでいた。肥後六花の代表である肥後椿などは、実に見応えがあり、いかにも南国にこそふさわしい花だ。椿が清涼な湧き水にポタリと花弁ごと落ちて、流れている様を美しいと思ったことがある。そして、血潮が騒ぐ若いころ、一度に枝を離れる椿の花を潔いとも思った。しかし、今では椿の花は何やら毒々しいイメージに変わってしまった。

高原では、ぽたりぽたりと落ちて、池の水が鮮血で赤くなるような毒々しい花（夏目漱石『草枕』）にお目にかかることはほとんどない。高原の花々は、その多くが、毒気とは縁のない、どこか清々しい青空と同じような透明なイメージを漂わせている。

特に、春に顔を出す菫の花の奥ゆかしさは格別だ。

我が家の庭の日当たりのよいなだらかな斜面に、枯葉に埋もれるように紅紫色の花を咲かせる菫は、茜菫《あかねすみれ》である。漱石の句の菫がどんな菫を詠《うた》ったものなのか、私にはわからない。ただ、私が親しんでいるのは、花弁が茜色に喩《たと》えられる茜菫だ。

菫の花言葉のなかに「小さな幸せ」があるらしい。我が家の茜菫を見ていると、そんな気にさせられる。茜菫は、誰かに迎合するのでもなく、また、あえて抗う素ぶりも見せず、それでいて孤高を保つでもなく、ただ飄々《ひょうひょう》と幸せそうに生きている。人にことさらアピールしようとする素ぶりすら見られないのだ。

そのためか、何度か知らない間に、危うく踏みつけてしまいそうなことがあった。

「あなた、気をつけて、踵《かかと》のところに菫が咲いているから」

妻に言われて、振り返り足元を見ると、長さ五センチほどの花柄《かへい》の先に、紅紫色の小さな花が見える。

椿が、肉感的でグラマラスな女性を思い起こさせるとしたら、菫は、地上に降り立った小さな天使を想像させてくれる。それを無残にも痛めつけてしまったら、きっと後味が悪いに違いない。

あのときも危うく小さな天使を踏みつけてしまうところだった。

小さな天使は、春うららの、しかし人っ子一人いない福島県の飯舘《いいたて》村にも降り立っていた。そのことに気づかず歩いていた私は、もう少しで、小さな天使を台無しにしてしまうところだった。

息子に先立たれ、深い悲しみというより、宙を漂っているような空虚感を覚えながらも、悲劇を封印したまま、外面を取り繕おうとしていた私にとって、東日本大震災の惨事は、魂が震えるような衝撃だった。戦後初めて体験する大量死と大量の行方不明者。しかし、最愛の伴侶や子供、親を失った人びとにとって、その一人一人が、数ではカウントできないかけがえのない存在であるはずだ。

なぜこんなことが起こるのか。なぜこんな悲劇が降りかかるのか。この問いは、原因は違っても、私のなかの苦悶《くもん》や葛藤と同じに違いない。とりわけ、光が漆黒の闇に形を変えたような、福島第一原発事故の悲劇を抱えこまざるをえなかった人びとにとって、その不条理は耐えがたいに違いない。そう思うと、私はいても立ってもいられない気持ちになった。現場に足を踏み入れてみたい。この目で、この耳で、この肌で、全身で、その悲劇の現場を感じてみたかったのである。

はやる気持ちに助け舟を出してくれたのは、某民放テレビ局のディレクターだった。現場からのレポーターという役回りで、私は番組スタッフのクルーと一緒に、福島に足を踏み入れることになった。

くぼ皮膚科クリニック

受付番号券

[診察]

2019.05.13 (月)

午後

【 17 】

受付日時：2019/05/13 14:25

下記サイトで外出先からも受診当日の
待ち状況がご確認いただけます。

http://paa.jp/clinic/197401/

情報番号：974-01

積算線量（事故後一年間の被曝線量の合計）が二〇ミリシーベルトに達する恐れのある、福島第一原発から二〇キロ圏外にある飯舘村は、「計画的避難区域」に指定され、行く先々で、人の気配のない、深閑とした光景が広がっていた。阿武隈《あぶくま》山系北部の高原に開けた村は、追分・軽井沢と同じように高原独特の冷涼な空気に包まれていた。しかし、その空気が目に見えない放射性物質によって汚染されていると思うと、何か別の世界にスリップしたような、夢を見ているような気持ちになる。

でもそこは確かに人の気配がしない、「計画的避難区域」なのだ。田舎でよく見るような民家が立ち並び、酒屋さんや雑貨屋さんの看板が目に留まる。どの家屋も、今しがた開けたばかりの引き出しのなかの小間物のように、玄関や縁側には生活臭を漂わせる物が散乱している。今にも住人が外出先から帰ってきそうな気がして、私はしばし、ある古びた民家の前で様子を窺《うかが》っていた。

そのうち、私のなかに、言いようのない寂寥《せきりょうかん》感のようなものが湧いてきた。一瞬、墓場にいるような錯覚に襲われたからだ。寂しく、侘しく、静かに沈みこんでいくような沈黙に、閉ざされていく気分だった。

私を呼ぶスタッフの声で我に返り、通りを横切って車に近づこうとしたとき、通りの脇のくぼみにその天使はひっそりと顔を出していた。薄い紅を刷《は》いたような菫。「こんにちは」と、愛嬌を振りまくように、菫がそよ風に揺れていた。こんなところでも飄々と生命を繋いでいた小さな花。私は思わず、膝を屈し、指の腹で菫の小さな花弁を撫《な》でていた。

愛する息子が亡くなったとき、あまりの悲しみに涙を流すことすら忘れていたのに、それまで堪《こら》えていたものが堰《せき》を切ったように、私は思わず涙していた。

ひたむきに豊かさを求め、科学技術の輝かしい未来を信じ、熱に浮かされるように経済成長を邁進《まいしん》し続けてきた戦後の日本。私の人生は、その「申し子」のような半生だった。民族的な少数者に伴うハンディがあるにせよ、私はその上昇気流に乗り、その恩沢を受け、次の世代にもそれがしたたり落ちるに違いないと確信していた。だが、愛する息子さえ救えなかったとすれば、その豊かさとは何だったのか。私の信じた科学技術のもたらす生産力とは何だったのか。東日本大震災と原発事故は、その疑念を、壮大な規模で白日のもとに晒したように思えてならなかった。

人間の生き方が、社会のあり方が、科学技術への「オプティミズム」（楽観論）が、根本的な懐疑のふるいにかけられようとしていたのである。「変わろう、変わらなければならない」。「再生」の、「二度生まれ」の思いが、私を突き動かしていた。

二度にわたる原子爆弾の洗礼を受け、原子力の「平和利用」の果てに、チェルノブイリ級の原発事故に見舞われた日本。核兵器であれ、原子力発電であれ、その目的は違っても物理的には同じ現象を、科学技術を通じて人間の目的に利用しようとするプロジェクトが、未曾有の悲劇をもたらしたことには変わりない。

ならば、変わらなければならない。しかし、黙示録的な警告にもかかわらず、社会の表層を見る限り、「ポスト・フクシマ」（福島第一原発事故以後）の歴史は、「プレ・フクシマ」（福島第一原発事故以前）の歴史と、何の断絶もなく、連続しているように見えてならないのはどうしてなのか。それは、この社会の強靭な復元力なのか。それとも、ただ「次々になりゆくいきほひ」（丸山眞男《まさお》）に身をまかせるだけの、健忘症のなせるワザなのか。

小さき菫は、人間の所業などどこ吹く風と、そよ風に揺れ、ただ愛くるしく咲いている。

私も小さきひとになりたい。

黄色い花

白への愛着が強いにもかかわらず、血気盛んなころに好んだ色は、黄色だった。燃えるような色彩。それは、生命の喜びに満ち、沈んだ心をなぐさめ、励ましてくれる。我が家の庭の垣根近くに、春になると一叢《ひとむら》茂る黄色い花たち。レンギョウである。抜けるような青い空に、鮮やかなレンギョウが咲き誇る光景は、高原の春の本格的な訪れを告げている。

黄色い花たちは、繁殖力旺盛。我が家のレンギョウは、背丈は一メートル余りの小振りだが、枝は湾曲して伸び盛りの子供を思わせるように意気軒昂《いきけんこう》で、伸びて下に垂れ、地面に触れるほど元気だ。

せいぜい二センチほどの大きさの四弁の花なのに、それが細い枝に密に咲いていると、遠目には黄金の小さなベルが群がっているように見える。今にも、おびただしい数の小さなベルの音が聞こえそうで、レンギョウほど聴覚を刺激する花はないかもしれない。

はるかむかし、彷徨《さまよ》いあぐねて、父と母の国を訪ね、疾風怒濤《しっぷうどとう》のようなひと夏を過ごした後、もはや、私はもとの「迷える子《ストレイ・シープ》」に戻ることはなかった。大都会にそぼ降る雨の雫《しずく》のように微小な存在であっても、私のなかに、ありのままで生きていきたいという強い願望が、むくむくと頭をもたげてきたのである。レンギョウの鮮烈な黄色が、目にしみるような熱気が、私を捉え、生まれて初めて、自分と同じような境遇を生きる友と出会い、激論を交わし、政治運動に身を挺《てい》した。

サークルの仲間たちと会議を重ね、学習をし、集会を開き、そしてたびたび韓国大使館への示威行動に参加し、共に肩を組んで歌い、そして時には痛飲し、ハメをはずすこともあった。

なぜ、この日本に生きる私たちは、自分らしく生きていけないのか。なぜ、父と母の国は二つに分断され、いがみ合い、それが日本にいる私たちにまで暗い影を投じているのか。なぜ、自分たちは「賤民《パーリア》」のようなデラシネ（根無し草）の境遇を生きなければならないのか。

三八度線の北側にある国を「地上の楽園」とは思えず、しかし、南の軍事独裁の国にも強い反発を覚えながらも、私たちが「韓国的カテゴリー」と呼んだ内にとどまり、そのアリーナで、韓国の自由と人権、民主化を叫ぶ。それが私たちの拠《よ》り所だった。どれほど「韓国的カテゴリー」について侃々諤々《かんかんがくがく》の議論をしたことか。——南北対立の冷厳な現実を前にし、しかも、日本で生まれ育ったにもかかわらず、海の向こうにある韓国という国を選択することは、当時の日本の進歩的な学生たちの目には、反動的な「反共」国家に帰属するように映っていた。

だが、「韓国的カテゴリー」とは、北を「赤色独裁（金日成主席《キムイルソン》）」、南を「白色独裁（軍事独裁）」と見なし、あえて韓国（南）を帰属する国に選び、日本にいながらも、韓国の学生や知識人、宗教人や言論人、労働者や民衆の「反独裁」と「民主化」の闘いに連なることを意味していた。日本にいる自分たちはその闘いの「前衛」にはなりえない。あくまでも「後衛」に過ぎない。しかし、「後衛」でも、「光栄ある後衛」でありたい。それが、若者らしい学生たちの願いだった。

日本の片隅で韓国の民主化を叫ぶ学生たち。それが私たちだった。下半身は、モノに溢れ、自由を満喫する豊かな社会にどっぷりと浸かりながらも、ハートと頭は、あたかも軍政下の社会を生きている。身と心、頭がバラバラの、矛盾のなかで生きる若者だったのである。それが、地に足のつかない、浮き足立った若者の自己満足、ナルシズムであったとしても、私はレンギョウのように意気盛んだった。

有力な民主化の闘士を排除しようとした、韓国中央情報部（ＫＣＩＡ）による金大中拉致事件（一九七三年）は、その前年に発足した朴正熙《パクチヨンヒ》大統領の「維新体制」が、どれほど謀略的な情報統制によって成り立っているかを、白日のもとに晒した。それに抗う声は、沈黙を余儀なくされ、声をあげれば、野蛮な弾圧が待っていた。

そんななか、一九七三年一〇月、ソウル大学の学生たちが決起し、真正面から独裁反対の声をあげたのである。その声明文には、「既成の言論人、知識人は猛省せよ」と記されていた。惰眠をむさぼり、抑圧や懐柔に甘んじて、既得権益にすがるエリートたちへの痛罵だった。そして私も、私の仲間たちも、棍棒《こんぼう》で頭を殴られるような衝撃を受けたのである。所詮、「光栄ある後衛」といっても、豊かな社会・日本で微温的な生活に甘んじ、首から上だけで過激な言葉を発し、それに酔っているだけではないか。そこには、血気盛んな学生ならではの、ピュアではあっても、どこか自虐的な勇み肌の若者の危なっかしさが揺曳《ようえい》していた。「前衛」から遅れをとっている、「惰眠をむさぼる」「後衛」としてのダメな自分たち。その落伍感《らくごかん》には、結局は対岸の日本で生きていることへの、観念的な否定が混在していた。そこには、政治の季節が終われば雲散しかねない、「根」のない、浮き足立った義憤や憤懣《ふんまん》が混じっていたのである。

しかしそれでも、この血気盛んな疾風怒濤の時代がなかったならば、私の思考も、私の信条も、そしてブレることのない南北への視座も、なかったかもしれない。レンギョウの鮮やかな黄色が群がるように咲いている姿を見るたびに、私は、酸っぱい味のする若気の至りを思い起こし、しかしその残り火のようなものが、自分の体内に今でも燃え続けていると実感する。

レンギョウを見ていると、亡くなった母との絆を感じる。

母の故郷では、レンギョウ（チョウセンレンギョウ）は、ケナリという。日本では、春を彩る花が、ピンク色の鮮やかな桜だとすると、韓国では、黄色いケナリである。

母が生まれ育った町、鎮海は、日本が統治していた時代には、最大の軍港があり、桜の名所でも知られていた。乙女心にも、海辺の陽光を浴びてたわわに咲き誇る桜の花の艶やかさは、強烈な印象を与えたはずだ。晩年になっても、それを懐かしむように、熊本市内を見下ろす山の中腹の桜並木で、花見をすることを楽しみにしていた。母が最も好んだのは、桜の花だった。ただ、それでも、野原の所々に群がるように咲くレンギョウの黄色い花を見つけると、ワラビ取りの手を休めて、じっと見入っていたことがあった。懐かしそうで、悲しそうで、そして生き生きとした母の表情が、今でも目に浮かぶ。

ケナリの花言葉は、「希望」。踏みつけられても、踏みつけられても、元気な姿で、たくさんの黄色い花を咲かせる。悲しみや苦しみを感じさせることなく、絶えず蘇り、見る人に希望を与えてくれるのだ。

我が家のレンギョウをじっと見つめていると、母の面影が浮かんでくる。そして、その横に、黄色を好んだ、血気盛んな時代の自分が、寄り添うように立っているのだ。

思春期の閉塞を打ち破るように、自分のルーツを訪ね、心に葛藤を抱えた息子。その行く末を案じていた母。遠く離れて、たまの休みに帰ってくる息子の変化に、母はきっと心を痛めていたに違いない。大学生になった息子は、文字を知らない自分の世界とは、まったく違った人間になり、想像も及ばない世界へと旅立ちつつある。きっとそんなふうに予感していたはずだ。心強いと思いつつ、愛する息子が遠くへ行ってしまったようで、一抹の寂しさも感じていたのではないだろうか。

文字を知らず、書くことも読むこともできなかった母にとって、たまの団欒に世界の出来事を報じるテレビのニュースを、息子の解説付きで見ることが何よりの愉しみだった。世故に長け、世の中の辛酸を嘗め尽くしたに違いない母だが、自分の実感を離れた、未知の世界の出来事は、さぞや新鮮だったに違いない。興味津々に私の話に聞き入る母の表情は、まるで幼子のようであった。

母は、戦争や独裁、民主化といった激動の祖国の歴史が、自分の人生の一部と重なり合っていることに気づいていた。だが、無力な庶民には、どうすることもできない。あたかも、それは、自然の運行に等しい出来事なのである。ただし、息子の発する理解しがたい言葉に戸惑いながらも、母のなかでは、何かが変わりつつあるという、もう一つの直感も働いていた。それは、人間の織りなす歴史が、必ずしも運命的なものではなく、人の力によって変えられるという確信である。旧《ふる》い世代にとっては、運命や必然でしかなかったものが、息子たちなら、自らの力で変えられる。それが、新しい時代の趨勢《すうせい》ではないか。この底抜けに明るい見通しが、母のなかに芽生えつつあった。

あるいは、母の目には、息子は、鮮烈に咲き誇るレンギョウの花のように見えたのではないだろうか。レンギョウには、血気盛んだった私と、母のルーツを繋ぐ、不思議な力が宿っているように感じられるのだ。

朝鮮戦争とチンダルレ（ツツジ）

ツツジと言えば、私が知っているのは、低木のものばかりである。春先、じょうご型の、先端が五裂しているツツジの花は、バタ臭い存在感がなく、いかにも東洋的だ。目鼻立ちも凹凸がなく、さっぱりとしたイメージが浮かんでくる。不思議なことに、ツツジを見ると、犬のコリーを連想してしまう。

スコットランド原産の牧羊犬とされるコリーだが、その目鼻立ちはどこか東洋的で、脂ぎった感じがせず、性格も大人しく、人懐っこい。ツツジにも、そんなイメージがあるのだ。そう言えば、ツツジの花言葉は、「慎み」や「節制」「初恋」らしいから、まんざら私の独断というわけでもなさそうだ。

我が家の小さな門の脇で、コブシの木に隠れるように花を咲かせるツツジは、朱色の花を咲かせるヤマツツジである。花言葉は「燃える思い」。しかし私の目には、どうもそういうふうに映らない。朱色といっても、どこか地味な感じがしないわけではない。ヤマツツジは、映画や演劇で言えば、ヒロインというより、バイプレーヤーの趣がしてならないのだ。

ただし、ツツジも一筋縄ではいかない。ツツジは、花を採ると、花片の下から蜜を吸うことができるのだが、それには毒成分が含まれ、人の口に入れば、時によって取り返しのつかないことも起こるらしい。

韓国では、ツツジは主にカラムラサキツツジ、「チンダルレ」である。ケナリと並んで最もポピュラーな、春を告げる花だ。韓国では、三二歳で自ら命を絶った詩人、金素月《キムソウォル》が二〇歳で作ったとされる「チンダルレ」の詩が多くの人びとに愛唱されている。

わたしが嫌で
行くのなら
なにもいわずと　送りましょ
寧《ニヨン》辺《ビヨン》の薬山《ヤクサン》の
つつじをば
ひと抱え　行く手の道に撒きましょう

ひと足ごとに
その花を
そっと踏みしめ　お行きなさい

わたしが嫌で
行くのなら

死んでも　涙は見せませぬ。

（金思燁《キムサヨプ》訳）

金素月の人生には、植民地支配の過酷な影がつきまとっている。まさに、陰鬱な三二年間だった。

植民地支配下での暴力で、精神に異常をきたした父のもとで過ごした幼少期、孤独な少年期、因習的な婚姻に束縛された青年期。詩人の人生には、暗い影が揺曳していた。渡日したばかりの一九二三年、関東大震災を命からがら生き延びて帰国、彗星《すいせい》のような鮮烈さで文壇デビューを果たしながらも、その後の人生の困難に、自らを苛《さいな》むように酒に溺れ、非業の死を遂げた詩人。その痛ましい魂から紡ぎ出される、初々しく、叙情的な言葉の一つ一つが、ツツジ（チンダルレ）に宿る無垢な言霊《ことだま》に結晶化した。それらは、かつて植民地に生き、その記憶を持つ人びとの心を、そして、その記憶を継承しようとする人びとの感情を、今なお揺さぶり続けている。

日本が、アジアとの抜き差しならない戦争へと突入していくころ、詩人は、自らの命を絶った。朝鮮半島は、物的にも、人的にも、戦争の兵站《へいたん》基地であり続けた。その後遺症は、やがて分断という形で、新たな悲劇をもたらすことになった。

朝鮮戦争は、北朝鮮による南への侵攻という形をとったが、程なく、それは、互いに異なる体制をそれぞれ後押しする大国間の代理戦争の様相を呈した。しかし、南北とも、米国と中ソの単なる傀儡《かいらい》国家であったわけではない。体制の違いと内戦の勃発に至る因子は、植民地支配による周辺諸国への人口の流出と、解放後の帰還がもたらした社会の流動化のなかに胚胎《はいたい》していたのである。

旧来の因習的な社会は、新たに覚醒したおびただしい数の人口の移動によって揺さぶられ、内側から変革のエネルギーが湧き出るとともに、一方的に引かれた分断線を、力で撤廃しようとする内的な圧力が昂じ、内戦への導火線に火が点《つ》くことになった。

内戦は、おそらく、どの詩人の想像力をもってしても予期しえない、巨大な惨禍だった。同族間の殺戮に米軍を中心とする多国籍軍が参戦し、それに対抗して中国の義勇軍も加わり、解放されたはずの朝鮮半島は、準国際戦争の戦場となったのである。膨大な数の死傷者に焦土を彷徨う難民の群れ。内戦の阿鼻叫喚《あびきようかん》は、休戦以後も、南北に、また、それぞれの内部に、消しても消せないような悲しみと憎しみ、敵愾心《てきがいしん》を残し、朝鮮半島は、対立と確執の凍土のなかに閉じこめられてしまった。

その上、米軍による、北朝鮮に対する核の脅威は、休戦後、北朝鮮に核兵器開発へのキッカケを与えてしまうことになる。核の脅威に怯《おび》え、心底、戦慄するような恐怖の体験が、皮肉にも、北朝鮮による核開発と核危機の原点となったのである。

その朝鮮戦争は、戦後復興にあえいでいた日本にとっては「天佑神助《てんゆうしんじょ》」だった。勃発とともに、戦時物資供給の特需景気に湧き、日本は、復興から成長の足がかりをつかんでいくことになる。

父と母は、日々の糊口をしのぐため、祖国の親族を殺傷することになる弾薬へと形を変える、鉄くずの回収に血眼になっていた。二人ともその皮肉に気づいていたはずだ。昼間は鉄くずの回収に汗を流し、夜は親族の安否を案じて涙を流す。そのやるせない人の世の仕打ちに、母は、天を仰いで、我が身の運命を呪ったかもしれない。しかし、朝鮮戦争が勃発した年の夏に、私は、熊本の地で産声をあげたのである。殺戮の年、慟哭《どうこく》と悲嘆の季節に生をうけたことに、私はずっとこだわり続けてきた。

チンダルレには、やはりどこか恨めしさに通じる深い人間の哀切と情念がまとわりついている。それでも、チンダルレには毒成分が多くなかったので、貧しく、また内戦で焦土と化した地では、手っ取り早い栄養補給源となったようだ。韓国では今でも、もち米とチンダルレの花で作った「ファジョン（花煎）」が親しまれている。

私も旧暦の三月三日になると、決まって、母手作りの「花煎」を、もぐもぐ美味しく食したものだ。チンダルレにまつわる話など、少しも知らないまま。

「どがんね、うまかろ。これば食べると、身体のなかに春が来るとばい。そして身体の中の悪いもんば、全部、吐き出してくれるてたい。たくさん食べなっせ」

出来立てホヤホヤの「花煎」を差し出すたびに、母は自慢げにそう言い添えることを忘れなかった。

母が、金素月のことを知っていたのかどうか、わからない。しかしその詩の一句くらいは聞いたことがあったのではないだろうか。今となっては、確かめようもないが。

雪柳、小手毬《こでまり》

高原には、春うららの小径や、生垣を彩る小さな花が目につく。とりわけ、小さく、可憐で、真っ白な花を咲かせる雪柳や小手毬に出会うと、心の緊張が解け、ホッとするのだ。まるで小さな妖精たちが、春の到来を祝っているかのようだ。雪柳は奔放に、小手毬は優雅に歌っている。

高原に移って最初のころ、私は、雪柳と小手毬の区別がつかず、同じものと勘違いしていた。

静かな別荘地の生垣を舞台に、小さな妖精たちが木漏れ日を照り返すように、鮮やかな白の美しさを競い合っている光景には、息を飲んだ。

「あの白い花は、何というのだろう」

「こっちの、雪が絡んで枝を覆っているように見えるのが、雪柳で、そっちの、枝先にまとまって咲いているのが、小手毬というの。どちらも同じ属に分類されて、見た目も似ているから、よく間違えられるのよ」

近寄ってよくよく見ると、確かに違う。

地面の際から枝が、何本も垂れるように伸び、枝全体を覆うように、小さな白い花が群がり咲いているのが、雪柳だ。枝に白い雪が絡まっているように見えるから、雪柳と名付けられたのだろう。

これに対して、枝の先に慎み深く、上品にこんもりと手毬のように白い小さな花を咲かせているのが、小手毬である。

雪柳の花言葉は「愛嬌」、小手毬は「優雅」らしい。確かに、一見すると、似た者同士の雪柳と小手毬だが、よくよく見ると、かなり違っている。雪柳は、しゃちこばらず、あけすけに伸び伸びと屈託がない。

それでも、騒がしい印象がないのが、私の気に入った点だ。雪柳の花言葉に「静かな思い」もあるくらいだから、愛嬌があっても多弁ではなく、しとやかな印象を与えるところに魅力があるのかもしれない。

小手毬は、奔放に群がるのではなく、上品に手毬のようにまとまって優雅に春を楽しんでいる感じだ。しかも、上品で、優雅であっても、ツンとお高い感じがしないのがいい。

雪柳と小手毬に惚れこんで、三年前に、白い妖精たちを我が家に呼ぶことにした。小手毬の苗木を二本、半日陰で風通しの良い、コブシの木の近くに、そして雪柳を同じく二本、私の書斎の近くに植えることにしたのである。

私から進んで苗植えをしようと言い出したことに、妻も少しびっくり。

「あなたもそんなことやるの？」

と、驚きの声をあげている。

随分、見くびられたものだと苦笑いしながらも、いざ苗植えをしようにも、小手毬と雪柳に適した土壌や水やり、施肥の知識もなく、内心、当惑していた。ネット上の検索でわかったことは、両方とも有機質の多い、水はけのよい土を好み、腐葉土や堆肥を混ぜたらいいということだった。

水やりにも心がけ、何とか思った場所に地植えすることにした。それなりにうまくいったと思ったのも束の間、三日ほどして、出張から帰宅して庭を見てみると、小手毬と雪柳の苗は、無残な姿で、押しつぶされるように地面に這いつくばっていた。いったいどうしたことか。せっかく、初めての苗植えをやってみたのに、こんなことになってしまった。がっかりするやら、少々、腹立たしいやらで、神経が高ぶっていると、妻曰く、

「あなたのいないとき、猛烈な勢いで、雹《ひょう》が降ってきたのよ。窓硝子を壊しそうな勢いで、怖くなったくらい。そのせいで、小手毬たちも叩きのめされたのね」

高原の自然の思いも寄らない悪戯に、私は返す言葉もなかった。

それでも気を取り直して、翌日、ふたたびチャレンジ。その苗は、今では春に、可憐な小さな花をつけて、見るものに軽やかな気持ちを与えてくれる。小さな妖精は、私を生みの親のように慕っているかに見える。

金大中大統領

四〇年以上も前の一九七二年、政治学を学びながらも、現実には政治音痴であった私は、それでも、ひと夏のソウル滞在の後、私と同じような境遇の学生たちのサークルの門を叩き、韓国の民主化を求め、韓国大使館前でデモをしたり、サークル活動の末席で運動に身

を挺していた。

他方で、大阪万博で勢いに乗る日本は、昭和元禄《げんろく》の泰平を目の当たりにするほど繁栄を極め、三島由紀夫の割腹事件や連合赤軍による一連の事件の暗い影を払拭し、先進国へと驀進《ばくしん》しつつあった。

同じころ、韓国では、南の「白色独裁」と北の「赤色独裁」の野合とも言える「7・4南北共同声明」により、南北融和への期待がにわかに高まった。にもかかわらず、韓国では非常戒厳令が敷かれ、朴正熙大統領の独裁による「維新体制」が始まろうとしていた。日本の社会が脱政治化というより、無政治化の傾向を強めているときに、それと反比例するように韓国ではますます政治化を濃厚に帯び、過政治化とも言える動乱に見舞われていた。「独裁か民主化か」の対立が社会を分断していた。その民主化の旗頭が、金大中氏だったのである。

その彼が、一九七三年の夏、白昼、東京のど真ん中のホテルから拉致され、九死に一生を得て、ソウルの自宅付近で解放されると、俄然《がぜん》、世間の目はこの悲劇の政治家に集まった。明らかに韓国中央情報部が介在していたが、金大中氏の人権と尊厳は宙に浮いたまま、日韓の間の「政治決着」によって、事態はウヤムヤに収束してしまった。

自宅で記者会見を開き、メディアの質問に応じる金大中氏の姿は、痛々しかった。苦悶に歪むその顔には生々しいアザが浮き出、汗がしたたり落ちていた。どれほどの恐怖と苦痛、屈辱のなかにあっただろうか。

「むごかことばするね。かわいそかばい、金大中さんは、ほんなこつ、どがんひどか目にあったとだろかね。韓国では『南山《ナムサン》』（＝中央情報部）というたら、ひどかこつばするてばい。あがんことは、国の恥たい。そがんじゃなかね、センセイ」

夏休みで帰省していた私を「センセイ」と呼んでいた母は、テレビの前で、同情と怒りの念を露《あらわ》にしながら、祖国の暗い現状を慨嘆していた。

政治的な事件や出来事に嘴《くちばし》を挟むことなど滅多になかった母の言葉を心強く思いながらも、韓国の民主化を代表する政治家にして、海の藻屑《もくず》となって消えかねないとすれば、名もなき一介の学生など、ひと捻りで踏み潰されてしまうかもしれない。そう思うと、父と母の国が、その体内に抱えた暴力に慄然とし、私はいったいどこへ行ったらいいのか、途方にくれ、激しい怒りが湧いてきたのである。そして、夏も終わろうとするころ、サークル仲間と一緒に、銀座の一角にテントを張り、ハンガーストライキをすることにしたのだ。

夏の夕暮れ、三々五々、銀ブラを楽しむ老若男女は、みんな屈託がなく、幸せそうに見えた。青春の熱に突き動かされながらも、幸せな人びとを羨み、そしてどこかで嫌悪する、その愛憎半ばする平凡な若者。それが、私の実像だった。ネオンが灯《とも》り出した、暮れなずむ銀座の空を見上げながら、私は、ソウルの夕暮れを思い出していた。

こうした、どこか危なっかしい夏とは違い、残り火が静かに燃え尽きていくような夏の記憶もある。

二〇〇九年八月一八日、私と妻はソウルにいた。晴れ渡った雲ひとつない空から、ジリジリと焼けつくような陽光が降り注ぎ、戸外でじっとしているだけでも、汗が吹き出しそうだった。その四年前（二〇〇五年）に、東京大学・安田講堂でのシンポジウムの基調講演をお願いして以来、私は毎年、夏に金大中氏の自宅を訪問することが習わしになっていた。しかし、二〇〇九年の夏は、いつもと様子が違っていた。事前に入院の知らせを受け、病気見舞いを兼ねるつもりで、私たちは、韓国に渡ったのである。

入院先は、ソウル市内の新村《シンチョン》に白亜の殿堂のようにそびえ立つ、セブランス病院だった。米国の事業家、セブランスの名前を冠する、韓国最大級の先端的な医療技術とスタッフをそなえた病院は、内部が一つの小さな町のようなスケールで、妻と私は度肝を抜かれてしまった。院内は燦々《さんさん》と光が注ぐように明るいせいか、金氏の容態もさほど悪くなく、お会いすれば、きっと、はにかんだような笑顔で迎えてくれるに違いないと思いこんでいた。

ところが、面会謝絶を告げられ、そんな淡い期待は吹き飛んでしまった。仕方なく、ホテルへ帰るタクシーのなかで、私たちは、金大中氏死去の知らせを受け取ることになったのである。知人の声は涙声で震えていた。私も妻も、あまりにも唐突な悲報に声もなく、うだるような暑さのなかでもがいているようなソウルの街を、ただ漫然と眺めていた。享年八五歳であった。

三六年前、彼の悲劇的な受難に、自らの不遇の意識を重ね合わせて、ハンガーストライキに青春の怒りをぶつけたひと夏の思い出。しかし、私は、もうすぐ七〇歳を迎えようとする齢になり、金大中氏は、今はいない。夏の外気と比例するような激しい青春のエネルギーも、霧散した。それでも、その残り火のような熱は、体内でくぐもったまま燃え続けているのである。

私は、高原の淡い色合いを帯びた風景のなかで、二つの夏の記憶を反芻《はんすう》し続けている。

初夏のバラ、イギリスの酷寒の記憶

夏でも清涼な高原には、小さな花たちが似合っている。しかしそれでも、やはり女王のように人目を引きつける花がある。バラはその筆頭だ。

バラほど、世界中で愛され、また歌や物語、神話的な象徴としてさまざまなイメージに彩られた花はないかもしれない。つるバラはキング（王様）に喩えられるが、私にはどう見ても、中世騎士道物語に出てきそうな悲恋のヒロインというより、男たちを狂わせ、破滅させる美貌の女王といった感じだ。その意味で、世界の伝説的な美女をかき集めてくれば、バラの、虚実交々《こもごも》のイメージが出来上がるに違いない。

というわけで、私はずっとバラが苦手だった。あまりにも手垢にまみれ、たくさんの尾ひれがついていて、半ば、神話の世界の花に祭りあげられている感じがしてならないからだ。

他方で、バラの人を魅了する美しさも、棘で刺す痛さも、そしてその芳しい匂いで人を籠絡する魅力も含めて、人間の情念を刺激せずにはいられない。

バラには、人が奥にしまいこんだ情念を白日のもとに晒し、その正体を暴き出してしまう不思議な力がそなわっている。そう思うと、「くわばら、くわばら」、バラには近づかないほうがいいのかもしれない。

しかし、妻は違う。本人は目立つことは大嫌いなのに、バラにはぞっこんで、その原色的な色を愛で、バラの香りの香水が殊のほかお気に入りだ。どうもその辺りが私には理解しがたい。バラには、女性を虜にしてしまう何かがあるのだろうか。

そう思っていたら、ミイラ取りがミイラになってしまった。高原では有名なバラの名所、レイクガーデンで、私は、バラの魅力に籠絡されてしまったのだ。

湖を挟んでいくつかのガーデンエリアと別荘地を持つレイクガーデンは、バラ園として知られている。

妻がどこから小耳に挟んだのか、その評判を聞きつけ、どうしても行きたいと言い出した。季節は五月の末、連休が終わり、高原の人出も一段落、落ち着きを取り戻しつつあるころだ。

さほどバラに思い入れのなかった私は、どうも気乗りしない。妻のたっての願いに根負けして、出かけてみると、たちまち先入観は覆されてしまった。

園内のイギリスの「領主の館」を模した建物のなかに入ると、イングリッシュガーデンが目の前に開け、テラスのテーブル席に腰をおろしてお茶を飲むと、庭の向こう側から、そよ風が吹き抜け、頬を優しく撫でていく。「館」のクラシックで落ち着いた陰影が、テラスを隔てて庭に照りつける午後の陽光と、鮮やかなコントラストをなし、静かな時間が流れていく。

実を言えば、私は、イギリスという国に強い偏見を持っていた。

慇懃《いんぎん》で、どこか腹に一物があり、すれっからしで、何かにつけて皮肉交じりのウィットを楽しんでいる。しかも、あれほど植民地その他で暴虐の限りを尽くしながら、いつも涼しい顔をして優等生の側に立っている。

これが、私のなかにあるイメージである。それは、一九七〇年代末の、二週間ばかりのイギリス滞在で、より強化されてしまった。

＊

二〇代の終わりに、ドイツに留学していたときのことだ。

ある日、下宿先に知り合いから一通の手紙が届いた。当時、ＳＮＳやメールは存在せず、国際電話は高額で、日本と連絡を取る手段と言えば専《もっぱ》ら手紙だった。開いてみると、「イギリスにいる妻子がどうしているか、様子を見てきて欲しい」といった内容が書かれていた。

Ｍというその知り合いは、マックス・ウェーバーの研究会で共に学んだ仲間だった。Ｍの妻は子供を連れて、イギリスのある大学に留学中だったのだ。自分はイギリスに行けないから、私に見に行って欲しいというのだ。

まだＥＵ（欧州連合）ができる、はるか以前の話である。

同じヨーロッパといっても、ドイツとイギリスでは、かなり距離があるし、何よりも、あちこちに「境界線」が張り巡らされていた。

貧乏留学生だった私は、一定の料金を払えばヨーロッパを自由に移動できる「ユーレイルパス」を使い、留学先のニュルンベルクからケルンまで列車に乗り、ケルンからベルギー経由で真夜中、ドーバー海峡を渡ってイギリスに到着した。ところが、そこで「イギリスではユーレイルパスは使えない」ことが判明した。今なら、ネットで簡単に調べられる話だ。しかし、現地の事情に不慣れな留学生だった私は、そういう細かなルールに不案内だった。

一九七〇年代後半のイギリスは、「英国病」と言われるほど、経済がどん底の状態にあり、さしもの大英帝国の末裔《まつえい》も、IMF（国際通貨基金）のお世話にならなければならないほど、凋落《ちょうらく》の一途を辿っていた。それは、自《おの》ずから、社会の荒《すさ》んだ空気となって全土を覆い、労働者のストやデモが絶えなかった。ロンドンの地下鉄の駅を歩いていると、まるでスラムのなかにいるような暗い気持ちになったものだ。街角や路地には、ゴミ収集の労働者の罷業のせいか、ゴミ屑が異臭を放ちながら放置され、失業率もうなぎのぼりで、若者のどこか殺気立った雰囲気が目についた。

私にはそれこそ、繁栄を極めたロンドンが、まるで、むかしのブラジルやアルゼンチン、チリのような、デモや街頭での騒擾《そうじょう》が絶えず、インフレで政府への信用が地に落ちた途上国のように思えたのである。それに比べ、経済的な安定と衛生と秩序が整った西ドイツ――何かにつけて「アッレス・イン・オルドヌング（すべて秩序だっている。万事良好）」（Alles in Ordnung!）と言いたがる国からやってくると、イギリスが敗戦国で、ドイツのほうが戦勝国に見えてしまうほどだった。それほどまでに、イギリスは荒廃していた。あのVサインを引っさげて、ナチス・ドイツへの反撃を指導したチャーチルが生きていれば、きっと「ドイツの野郎に、してやられた」とでも毒舌を吐くに違いないと想像したものだ。

時あたかも、マーガレット・サッチャーが彗星のように登場し、労働党から政権を奪還したタイミングだった。

私は、彼女の議会での演説を偶然、ラジオで耳にした。その鼻にかかった、スノビッシュで持ってまわった話しぶりが、耳障りに思えてならなかった。社会に頼るな、個人が奮発し、自分で選択し、責任を持て。彼女の主張が、その後の世界経済を大きく転換させる

「新自由主義」（ネオ・リベラリズム）の狼煙《のろし》であるなど、当時は知る由もなかった。

旧ソ連邦のアフガン侵攻、イラン革命、中越戦争など、戦後の冷戦時代とは違った歴史の幕が開こうとしていた。そうした変動への移行期に、イギリスにサッチャーが、当時、ヨーロッパを悩ましていたスタグフレーション（インフレと低成長の同時進行）と財政負担に対する、いわば「保守革命」の処方箋を引っさげて登場することになったのである。

私にとっては無名の女性党首は、幕間のエピソード的な人物に終わるに違いないと思われた。しかし、サッチャリズムは、「レーガノミクス」とともに、新冷戦と新自由主義的な世界経済のエンジンとなり、その後の歴史を大きく変えていくことになるのである。


Mの妻と娘とは、無事会うことができた。

私は、Mと必ずしも親しい間柄ではなかったが、勉強会で披瀝《ひれき》される彼の深い学識に感銘し、畏敬の念すら覚えていた。Mの引っ越しを、私の妻と一緒に手伝ったこともあるほどだ。もっとも、彼は、私より七つぐらい年上で、思想的なベースが異なっていたこともあり、特に、肝胆相照らす仲というわけでもなかった。

にもかかわらず、なぜ乏しいポケットマネーを使ってまでMの頼みを聞いたのか、今となってはよくわからない。ただ、人間とは、時々そんなふうに、脈絡のないことをする生きものなのだろう。

二週間ほどの滞在を終えるころ、帰りの交通費が足りなくなってしまった。

イギリスからベルギーに向かう船に乗るとき、私は係の男に「実は切符を買う金がない」と打ち明けた。すると、"Do you have visible funds?"——つまり「何か換金できるようなものを持っているか」と、私がはめていた腕時計に視線を向けながら聞いてくる。その時計は、留学する前、妻が買ってくれたものだった。背に腹は替えられない。私は時計を差し出し、「これで乗せてくれ」と頼んだ。

ところが、しばらくして、その係の人が追いかけてきて、「わかった。これは君にとって大切なものなんだろう？　持っていっていいよ」と時計を返してくれたのだ。

ありがたい——と感じながら、船に乗った私を待っていたのは、真冬のベルギーの寒さだった。

波止場に到着したのは真夜中で、ドイツ行きの列車は翌朝まで来ない。もちろん、ホテルに泊まるお金もない。私は、仕方なく、証明写真を撮影する狭いボックスのなかで夜を明かした。あまりの寒さに、荷物のなかからありったけの服を取り出して重ね着をしたが、それでも、身体はほとんど温まらない。這《ほ》う這《ほ》うの体で、何とかドイツの下宿先に辿り着いたものの、私は高熱を発し、一ヶ月ほど寝込んでしまった。

その後、Mがどうしているのか、私にはわからない。

彼は、イギリスに渡った妻子と別れ、新しい家庭を持ったが、ある日、その二度目の妻が亡くなって「絶望している」という内容の手紙をくれたきり、連絡が取れなくなってしまった。

しかし、私がイギリスで会ったMの妻子とは、その後、数十年の時を経て思わぬ再会を果たした。新刊のサイン会の際、「お久しぶりです」と声をかけられ、見上げると、その二人が目の前に立っていたのだ。サイン会の告知を見て、わざわざ訪ねてきてくれたのだという。小さかった娘さんは、立派な大人になっていた。過ぎ去った時間の長さを思い、私は束の間、眩暈を覚えたものだ。

私の小さな冒険譚《たん》から、四〇年近い時が過ぎた。

*

イギリスは、「EUからの離脱」（ブレグジット）という、意表をついた選択で、世界の耳目を集めることになった。しかし、この国が長い間、ヨーロッパ大陸と一定の距離を保ちつつ、勢力均衡（バランス・オブ・パワー）によってその優位性を保とうとしてきたことを思えば、ブレグジットは、決して唐突な政策ではない。

フランスの同化主義やドイツの血統主義の文化と違って、イギリスは、これまで多文化的な要素を巧みに取りこみつつ、ナショナリズムを超えた帝国的な文化政策を取ってきた。しかし、そんな国でさえ、東欧系の労働者や旧植民地からの移民、さらに難民に対する排斥が澎湃《ほうはい》として広がり、EUからの離脱を決定してしまったことに、私はグローバル化の孕む、融合と離脱、統合と分断の二律背反を感じざるをえない。

一九七〇年代末のサッチャー登場が、その後の世界の新しい動向を先取りしていたように、サッチャーの亜流のような、スケールの小さい政治家たち（ナイジェル・ファラージュやボリス・ジョンソン）が、来るべき時代の先駆者となるのだろうか。それとも、彼らは喜劇的な道化に過ぎないのだろうか。日本も含め、洋の東西、スケールの大小を問わず、彼らと同じような政治家たちが、幅を利かせていることは否めない。世界の至るところで、自国ファーストのスローガンが叫ばれ、社会の外部や、異質なものに対する反感や嫌悪が広がりつつある。

二〇世紀初頭の帝都、ロンドンを彷徨った文豪・夏目漱石も、極東アジアの島国からの「エトランゼ」（異邦人）に対する、目に見えない排他の壁に悩まされたのではないか。漱石は、イギリス人が端倪《たんげい》すべからざる国民であっても、どうも好きにはなれなかったようだ。彼が感じ取った屈辱を、ロンドンで味わうことはなかったが、私には、漱石の鬱屈した気分の一端がわかるような気がした。

それでも、カーライル博物館のバックヤードのイングリッシュガーデンだけは、どうやら漱石を魅了したようだ。五年ほど前、私もそこを訪ね、ベンチに腰をおろして、放心したようにずっと庭を眺めていた。

長旅の疲れと、漱石がひと時を過ごした場所にいるというちょっとした高揚感もあり、私は静かな喜びに浸っていた。さほど大きくはない、赤レンガに囲われた庭には、薄紅色のバラが咲き誇り、その甘い香りが、周囲に漂っていた。はるかむかしの酷寒の記憶が、初夏の匂いで解け落ちていくようだ。

軽井沢のレイクガーデンは、カーライル博物館のそれよりひとまわりも大きく、さまざまな色合いのバラがその美しさを競い、しかも、高原の花や木立とハーモニーを奏でながら、絵葉書から抜け出してきたような佇まいを見せている。

こんな庭に囲まれてみたい。

そう思ったのは、初めてだった。できれば、自分の手で、イングリッシュガーデンを造ってみたい、と。

その夢は、少しも叶えられそうもないが、それでも、我が家の庭の板塀に沿って、つるバラの苗木を植えてみた。そのつるは、今では、板塀に絡まるほどに生長している。朝露が白いバラの花弁をゆっくりと転げ落ちる様を見ながら、そっと顔を近づけると、甘い匂いが鼻をつき、うっとりとした気分になる。

クレマチスのような国

バラと並ぶほど存在感があるのは、クレマチスである。

我が家の庭にクレマチスを勧めてくれたのは、庭師の「カブキさん」である。

「カブキさん」は歌舞伎的な顔の造作とは反対に、いたって自然志向で、造園に人工的なものを持ちこまない点で一貫している。妻も私もその趣味に賛同し、「カブキさん」のアドバイスに従い、見た目以上に丈夫で強いというクレマチスを、バラの近くに植えることにしたのである。今ではバラとともに、這いながら板塀につるを広げ、紫や薄いピンクの大ぶりの花を咲かせてくれる。

クレマチスは、早いときには五月ごろには開花を迎えるが、見応えがあるのは、梅雨時だ。

朝早く、外に出かけるとき、鬱陶しい天気で頭のなかに霞がかかり、ぼーっとしていても、小雨にけぶるなか、凜《りん》として、紫や白の花を咲かせるクレマチスを見ると、心が洗われる気がする。

さもありなん。

クレマチスの花言葉は「旅人の喜び」。ヨーロッパでは、旅人を迎える宿の玄関にクレマチスを飾り、旅人の疲れを癒したとか。クレマチスは、媚《こ》びるのでもなければ、ツンとすましているのでもなく、細いつるに大輪の花を咲かせて、恬淡《てんたん》と空を見上げているようだ。

私がイメージする理想の国家は、花で言えば、クレマチスかもしれない。

バラのような棘を持たず、大ぶりの花を咲かせながらも、決してその存在を競わない。奥ゆかしく、しかしそれなりにしっかりと存在感を示しながら、人の心を癒してくれる。

どうやら、クレマチスが花弁を持たないにもかかわらず、変形した萼《がく》が花弁のように見える点にも、私は魅力を感じているらしい。花言葉の「旅人の喜び」とは、現代ふうに言えば、移民や難民をはじめ、自分のところにやってくる「エトランゼ」を温かく迎え入れ、癒してくれるといったところか。

残念ながら、世界中どこを見ても、クレマチスのような国はない。「旅人の喜び」どころか、その反対に「旅人の悲しみ」や「旅人の不幸」を願っている。崇高な理想や歴史を謳《うた》いながらも、実際には、何から何まで「ファースト」「ファースト」のオンパレードで、難民や移民に対し、針や棘で武装したような国ばかりが目立つ。

突飛なアイディアかもしれないが、国連の花をクレマチスにし、どこの国が最も「クレマチス度」が高いのか、毎年、調査、検証して発表してはどうかなどと、ついつい空想に浸ることがある。

私の理想の国——それは、クレマチスのように、傷ついたもの、見知らぬもの、何かから逃れてきたもの、潤いを求め、飢えをしのぐために故郷を捨てたもの、これらの大地から根こぎにされた者たちに癒しを与え、温かく迎え入れる国家である。もちろん、主権を持ち、国民という共通の意思を持った共同体から成り立っている以上、国家はそもそも内部と外部を分ける境界を必要としているし、不可避的に排他性を伴っているという、冷めた見方もある。それでも、あれほど冷徹で論理的な哲学者のカントが『永遠平和のために』を書き、世界市民について論じたのも、どこかに、クレマチスのような理想国家や市民社会を求める想いがあったからではないか。

そう考えれば、将来的に統一されるかもしれない「コリア」も、単なるナショナリズムの大願成就といった、ありきたりのストーリーで終わって欲しくないと思う。血気盛んな学生のころは、「統一」という、何かすべてがそこで思考停止し、すべてがそのひと言で解決してしまうようなマジック・ワードに酔いしれていたように思う。自分たちの不遇を一挙に救済してくれるものに憧れを抱いていた時代には、心のどこにも、クレマチスのような花のイメージが入りこむ余地はなかった。

しかし、歴史の辛酸を嘗め、人類史的な苦難をくぐり抜け、絶滅の危機に瀕しながらも生き残った民族や国民は、やがて「旅人の苦しみ」をもたらす国家をつくり、頑《かたく》なに身構えてしまう。そんな愚行と傲岸が、他でもない韓国でも繰り返されようとする気配に愕然とせざるをえない。ノービザで海外から観光客を呼びこもうとする済州島《チェジュド》にイエメンから難民が押し寄せ、韓国内では反難民の世論が盛りあがりつつある。難民対策で、民主的な文在寅政権が突きあげられる様子は、ＥＵ随一の良識派とされるドイツのメルケル首相が、難民問題で苦境に立たされている様を思い起こさせる。

無論、ドイツでもそうであるように、韓国内でも、難民保護の動きはある。だが、韓国ですら、難民の国を渡る「訪問権」を巡って国論が分裂するくらいだ。まして、一時的な経済的負担を覚悟しなければならない「統一コリア」であれば、難民排斥の動きがもっと強くなるかもしれない。それでも、クレマチスのような国に少しでも近づいて欲しいと願わざるをえない。

「渡る世間は鬼ばかりではない」

「情のない、ひどい人もいるが、情のある、いい人もいる」

母は、自覚しないまま、どこかで「クレマチスのような国」の出現を願っていたのではないだろうか。この地球上に一つでも、傷ついた異邦人たちを癒す国があって欲しい、と。

そう考えると、「統一コリア」万歳と言いきれない自分に気づく。

もちろん、分断を超え、統一へと向かうことは、朝鮮半島と海外に居住するコリアン系の人びとにとって、長年の悲願である。と同時に、その道のりの在り方こそが、何よりも重要なのだと思う。そのプロセスが、融和と和解の過程でなければ、おそらく、クレマチスを彷彿《ほうふつ》とさせるような政治体が出現することはない。

誰もが、その身分や地位を問わず、訪れ、その地にいることで慰められる。そんな国を夢想することは、痴人の夢に過ぎないだろうか。そう言えば、カントは、『永遠平和のために』で訪問権について語っていた。それこそが、真の「おもてなし」ではないか。究極のホスピタリティ。うわべだけの「おもてなし」ではなく、難民という旅人にも喜びを与えてくれる国に、少しでも近づけるならば、目指すだけの価値はあるのかもしれない。

クレマチスは、理想の国について思いを巡らせてくれる、貴重な花だ。

ヤマシャクヤク

春に愛嬌を振りまいていた福寿草の黄色い花が、いつの間にか見えなくなった。それと入れ替わりに、ヤマシャクヤクが姿を現した。高さが三、四〇センチもありそうな茎の先端に、白い花が一輪、恥じらうように花弁が内側に向き、周囲に、孤高の女王といった雰囲気を漂わせている。

週末の午後、立て続けに新聞のコラムや新刊書の推薦文、エッセイの類を書き終えて、ホッとひと息、書斎から硝子越しに外に目をやると、一昨日、はにかむように開花したヤマシャクヤクの白がひときわ浮きあがって見える。

じっと見ていると、妻が小さなコーヒーカップを手に、素足のまま孤高の花に近づいて、何やら囁《ささや》いているようだ。硝子戸を開けて声をかけると、少々、驚いたようにこちらを向き、しきりに手招きしている。

これからもう一つ、重要な仕事が残っているけれど、まぁいいか。少し休もう。いつもの怠けグセが出て、私もいそいそと妻のところに裸足《はだし》で近寄ってみる。

妻は、ヤマシャクヤクの背丈に合わせるように腰をおろし、やや甲高い声で、唐突に、「立てばシャクヤク、座ればボタン、歩く姿はユリの花」と言い出した。

「知ってるでしょう。この言葉?」

「よくわからないけど、聞いた覚えはあるね」

「そう、有名だもの」

「でも、いつからそう言うようになったか、知っているかい?」

さすがに、妻もそこまでは知らなかったのか、すぐには答えが返ってこない。

「でもね。よくお父さんが、美人の形容で、そんなことを言ってたのよ」

「じゃ、お父さんは娘の君のことは何て言ってたんだい」

妻は一瞬、口ごもり、やがて白い孤高の美女をじっと見つめながら、

「お父さんはね、マリコはシャクヤクだし、ボタンだし、ユリの花だよって言ってくれたのよ」

冗談とも本気ともつかない口ぶりに、内心、気がひけるのか、本人も苦笑いしている。

「じゃ、こっちは絶世の美女を娶《めと》ったことになるのかな」

「決まってるじゃない、そうよ」と、私の顔を見ることなく答えると、じっとヤマシャクヤクを見つめている。

私は思わず笑ってしまった。妻もクスクスと笑っている。

私は、ふたたび机に向かって原稿書き。妻は、夕飯の支度の前のひと時を、大好きな読書で過ごしている。日が翳《かげ》り、庭も明るさを失っていく。そして外を見ると、ヤマシャクヤクは恥じらうように花を閉じ、純白の女王は姿を消していた。

二日後、ヤマシャクヤクの「花弁」は、ポロっと崩れ落ちていた。それを発見したとき、

妻も私も、美女の儚さを思い知ったのである。それらは程なく土に還《かえ》るだろう。

白ユリ

白ユリの切花を買ってくるたびに、妻からは呆れられ、毎度、お叱りを受ける羽目になる。花屋さんで、ついつい買ってしまう花。「麗しの白百合」という賛美歌もあるほど、それは純潔のシンボルであり、無垢の化身のようなところがある。ただ、私がことさら白ユリに惹かれるのは、その身も心もとろけるような芳香が、たまらなく好きだからだ。

中学生の多感な年ごろ、黒人俳優として初めてアカデミー主演男優賞に輝いたシドニー・ポワチエ主演の映画「野のユリ」（一九六三年）を観て、その背景はわからないまま、ユリに何か神聖なイメージを持ったものだ。映画は、ウィリアム・E・バレットの“Lilies of the Field”（一九六二年）を原作としているが、東ドイツから亡命してきた修道女たちと、ポワチエ扮する放浪青年との、心温まる交流が心に焼き付いている。冷戦の最前線に立つドイツの矛盾を抱えた尼僧と、人種差別による悲しい過去を背負った黒人青年との邂逅《かいこう》は、神の摂理による計らいとも取れるし、ユリは、それを信じる純白の心を象徴しているようにも取れる。

そのイメージのせいか、私はずっとユリを神聖な花のように思っていた。

一九八〇年代の半ば、指紋押捺《おうなつ》拒否で、埼玉県でその第一号になったとき、手を差し伸べてくださった上尾合同教会の故・土門一雄《どもんかずお》先生も、時おり、ユリについて話をしてくれた。先生もどうやら、宗派は違っても、映画「野のユリ」が殊の外気に入っていたようだ。以来、ユリの無垢なイメージが、私のなかにしっかりと刻印されるようになったのである。

他方で、ユリは、エロチックでロマンチックな夢想を、掻き立てるようでもある。無垢とエロス、どうも矛盾している。でもその矛盾しているところが、私のなかにもあるのか、白ユリを遠目に見ていると、心が洗われ、浄化されていくような気持ちになる。

近づけば、それこそ「鼻の先で骨に徹《こた》える程匂」（夏目漱石『夢十夜』より「第一夜」）う白ユリの蠱惑的《こわくてき》な魅力に、参ってしまいそうになる。

高原に移って最初の夏、何よりも嬉しい驚きだったのは、緑のなかに忽然《こつぜん》として、大ぶりのヤマユリがぬっと顔を見せることだった。

最初に出くわしたとき、あまりの大きさにびっくり。しかも、華麗というか、豪華というか、それこそ、何とかデラックスと名付けたいほどだ。

しかも、自身の重みで全体が傾くほど大柄なヤマユリの花からは、それにふさわしく、甘く濃厚な香りが立ちこめてくる。鼻を近づければ、一瞬、惑乱しそうなくらいに、その匂いは強烈である。

ヤマユリを見慣れてくると、時おり、外側に開いたような花びらが、今にも獲物を捕食しそうなヒトデに見えることがある。なかを覗くと、白い花弁の内側には黄色の筋が通り、紅い小さな斑点が広がっている。

というわけで、ヤマユリには、少々、興ざめしてしまうところがないわけではない。

「どうして、白ユリばかり買ってくるの？　外に出れば、ヤマユリがたくさんあるじゃない」

と、妻は怪訝《けげん》そうに尋ねてくる。

白ユリ、純真無垢な魂。

亡くなった息子は、白ユリを愛していた。この世の汚濁に最も ふさわしくない無垢な魂。

たとえこの世の汚濁にまみれたとしても、無垢でありうる人生を知らないまま、若くして、この世を去った。今でも、息子の墓前に飾る花は、白ユリである。

妻も、いつの間にか、私にならって、白ユリを買ってくるようになった。息子には、白ユリがふさわしい、いや、白ユリしかないと、私たちは固く信じている。そう言えば、ヤマユリの花言葉には、「人生の楽しみ」もあった。

冬を朗らかに忍ぶ

還暦を過ぎてから、冬の寒さが厳しい高原で生活することは、一つの冒険である。豪雪は滅多にないとはいえ、強い風が吹くときなど震えあがってしまうほど寒い高原の冬。南国育ちの私には、未知の世界に出ていくようなものだ。

移って初めての冬、それがどれほどの寒さなのか皆目見当もつかず、恐る恐る、一日一日の寒暖の変化を身をもって体験していくしか、手立てがなかった。寒さに耐え、冬を忍ぶ花、スイカズラのように。

スイカズラ、別名「忍冬」。冬を忍ぶ花。その名がずっと私の心に引っかかっていた。「忍」という言葉が、印象深く記憶に焼き付けられたのは、ドイツで私の世話を焼いてくれた台湾人留学生の陳くんが、座右の銘にしていたからである。

実は、私がニュルンベルクに行く一年前、指導教官が、ひと足先に当地に遊学していた。陳くんは、私よりも先に、恩師と昵懇《じっこん》の間柄になっていたのだ。右も左もわからず、煩瑣《はんさ》な手続きなどで途方に暮れていた新参者の留学生にとって、陳くんは、誠に頼もしい「水先案内人」であった。その彼が、自らを戒め、ストイックな生き方を貫こうと部屋の壁に大きく墨で書かれた一文字を掲げていたのである。

それが「忍」であった。

「〝忍〟という言葉、わかるでしょう。心《ヘルツ》に刃《メッサー》をかざしてそれでも動じないのが、〝忍〟なんですよ。僕もそうありたいと日夜励んでいるんです」

遠い異国の地で学問に励むため、それ以外の誘惑や、厳しい環境にめげてはいけない。そんなひたむきな求道心のようなものが、陳くんの言葉の端々に溢れていた。「忍」の一文字には、来る日も来る日もどんよりとした空模様が続くドイツの冬を耐え忍ばなければという、若き留学生の心意気が込められていたのである。きっと陳くんも、スイカズラのことを知っていたはずだ。

当時の台湾は、韓国と同じく、強烈な反共国家として知られていた。少しでも進歩的な知識人は、韓国と台湾を一緒くたに、暗くて反動的なアジアの「孤児」といったイメージで眺めていたのである。実際、戦前の日本に繋がるような政界や右派人脈、フィクサーや反共団体が、韓国や台湾の支配層と国境を越えて繋がり、相互に支え合っていた。それに対して、中国（中華人民共和国）は、米中接近と米中国交回復の動きも相まって、革命的で解放的な新興勢力の代表というイメージだった。ところが、実際には、当時の中国は、文化大革命以後の混乱の渦中にあった。毛沢東の権威を隠れ蓑《みの》に、文革路線の堅持を図ろうとした「文革四人組」（江青《こうせい》などの四人）の逮捕など、大陸は、まさに巨大な混沌《こんとん》の坩堝《るつぼ》と化しつつあったのである。

「韓国的カテゴリー」を標榜《ひょうぼう》し、韓国の民主化に間接的であれ、コミットしていた私のなかにも、そうしたイメージの残滓《ざんし》は生きていた。しかし、私は、反共の反動的な「孤児」と揶揄されようと、韓国の民主化の可能性に賭けようと決めていた。言葉やその態度の端々に、同じような鬱屈した思いを湛えた陳くんの生き方に、私は、密《ひそ》かな共感を抱いていたのである。

陳くんは、韓国と台湾は、「同志」のような関係だと言った。ドイツ語で、「ゲノッセ」(Genosse) や「ゲノッセンシャフト」(Genossenschaft) と語ってくれるたびに、違和感を持ちながらも、そう思ってくれる陳くんの並外れた親切心に、私は、感謝せざるをえなかった。同時に、彼のなかには並外れた日本への親近感や畏敬の念が宿っていた。私の恩師と昵懇の間柄になったのも、その背後に陳くんの強い「親日的な」心情があったからに違いない。陳くんは、一九九〇年代末から台湾を席巻することになる、日本が好きでたまらない「哈日族《ハーリーズー》」の「真面目な」先駆けだったのかもしれない。

日本で生まれ、日本人そのものでありながら、二律背反的な葛藤を抱えた私と、大人びた陳くんとの間には、共感とともに、目に見えない隙間風が吹いているように感じることもあった。それは同時に、現代韓国とは違った、より複雑な陰影を抱えた現代台湾の歴史を映し出してもいた。

日本の植民地支配から解放されながらも、台湾の本省人は、蔣介石《しょうかいせき》率いる国民党の外省人による過酷な「白色テロル」と暴政に晒され、四〇年近くに及ぶ、戒厳令下の恐怖政治に耐えざるをえなかった。陳くんの目から見れば、日本の植民地支配のほうが、温情的な統治に思えたはずだ。それはまた、古き良き時代の風俗や人情の思い出とともに、日本への強いノスタルジーを掻き立てたに違いない。陳くんは、そうした台湾の現代史を、そっくりそのまま反映したような陰影のある、ストイックな人柄で、私を惹きつけずにはおかなかった。

祖国がまだ戒厳令下にあった陳くん。過酷な軍事独裁下の韓国とゆかりのある私。それぞれ、日本による植民地支配の歴史をくぐり抜け、分断に呻吟《しんぎん》しながらも、豊かさを求めて身悶《みもだ》えしていた。内に沈殿する、日本との距離感の違いはあれ、両者ともに、社会主義国との国交を絶たれていた点では共通していた。

大学でのドイツ語試験に合格した留学生のために、ベルリンへのバスツアーが用意されたが、陳くんも私も、参加する道は閉ざされていた。仲の良い日本人の留学生から、そのワケを尋ねられたとき、私のなかに、複雑な思いの波紋が広がっていかざるをえなかった。旧宗主国の国籍に許され、旧植民地の国籍には閉ざされた小旅行。その鬱屈した思いは、屈託のない日本人の留学生には、無縁の心情だったに違いない。国籍は、歴史はどこまでも私を捉えて離さない。その因果の鎖からいつ解き放たれるのか、陳くんのなかにも、私と同じような思いが去来していたのではないだろうか。

それから一〇年後、ベルリンの壁は崩壊し、そして、さらに一〇年後、私は、NHKのクルーたちと、初めて壁の向こう側に足を踏み入れることになった。

すでに観光資源の一つになっていたベルリンの壁の記念碑的な残骸の一角で、壁に記された落書き風のメッセージを見ていると、留学時代の陳くんとの記憶が、遠いような近いような思い出となって蘇ってきた。

「忍」の文字に惹かれ、冬を忍ぶ「スイカズラ」に自分の姿を重ね合わせたいと願った二〇代の終わり。その思いは、ベルリンの壁の崩壊と韓国の民主化、韓国と旧社会主義国家との国交正常化によって、ようやく日の目を見ることになった。陳くんも、異国の空の下で、きっと同じ感慨に浸っているに違いない。

あれからほぼ四〇年、その間、恩師は帰らぬ人となり、陳くんとの音信も途絶えたままだ。そして気がつけば、すでに私は還暦を過ぎ、古希の齢に近づきつつある。すべてが変わったと言えば、すべてが変わったし、何も変わっていないと言えば、何も変わっていないように思える。
ただそれでも、「忍」への思いがすべて消えてなくなったわけでもない。それは、今では青春の熱を失いながらも、朗らかに、爛漫に冬を「忍」ぶ、陽性のスイカズラのような心境に形を変えて生き続けているのである。

*

初夏の強い日差しが、光と影の文様を庭に作り出すころ、スイカズラは、甘い香りを発しながら、白い花を咲かせる。その細い筒状の花冠は、健気に苦難に耐えてきた人のように、どこか控えめで、しっとりとしている。白い花は、いつの間にか黄色に変色していく。一つの枝に、白と黄色の花が同居しているのだ。スイカズラは、ひたむきで、真面目一辺倒に見えながら、実は、意外に遊び心があり、結構、人生をエンジョイしているのかもしれない。厳しい冬に耐えながらも、白と黄色が、お互いにお喋《しゃべ》りをしながら戯れているような花。その異名は、金銀花である。

おそらく、その異名に最もふさわしい人を挙げるとすれば、それは金大中元大統領に違いない。

前述したが、ニックネームが「忍冬草」というのも、その生涯にふさわしい。冬の凍てつく寒さのなかで、じっと我慢をしている。しかし、その芯の部分には、熱い情熱がとぐろを巻き続けている。それでいて、どこか道草をしながら、冬の寒さを愉しむ風情がある。金大中氏とは、そういう人だった。

野党の政治家として頭角を現すようになったころから、彼につきまとっていた、迫害や弾圧、懐柔の数々。しかも、暗殺まがいの謀略によって九死に一生を得ながらも、終生、腰を痛め、片足を引きずるように、政治家としては、無様な姿で歩かざるをえなかった。

彼は、竹林の七賢人のように、晴耕雨読、悠々自適のうちに読書と思索に耽り、趣味や学問、芸術などの清談を愉しみ、汚濁の浮世に背を向ける生活が送りたかったと述べていた。いかにも、金大中氏らしい独白である。

また、彼は、政治を深山幽谷に咲く純潔なユリではなく、泥水のなかで咲く蓮《はす》に喩えている。その人生の歩みを見ると、そこには「天職」としての政治への強い意志が吐露されている。

どうして政治を「天職」と思ったのか。ぶしつけな私の質問に、彼は真摯に答えてくれた。政治だけが、この朝鮮半島に棲む人びとの悲劇を和らげられる、唯一の救済の道なのだと。そのひと言の背後には、朝鮮戦争で味わった、常軌を逸した悲惨な体験が脈打っていた。決して急進的な思想の持ち主ではなく、むしろ、保守的な面を併せ持ちながらも、分断の悲劇を乗り越えたいという、燃えるような情念が、彼を突き動かしていたのである。

分断を乗り越える。

そのためには、力による克服への道もあったはずだ。「反共」から「克共」へと突き進むために、国力の充実を図る選択肢である。

国力増強による安保体制が、民主化より優先されねばならない。それが、金大中氏に敵対していた、朴正熙元大統領のやり方でもあった。

これに対して、金大中氏は、民主化こそが分断を乗り越え、国の安保に繋がる最良の道であることを、倦《う》まず弛《たゆ》まず説き続けた。韓国の国民は、自らの手で、民主化を勝ちとることのできる力量をそなえていると、固く信じていたからである。

「姜さん、民主主義は水道の蛇口をひねれば、すぐに水が出てくるような、そんなもんじゃないんですよ。民主主義はタダではないんです。我々はそれを血で贖い、勝ちとったんです。そのために、私はどれほどの犠牲を払わざるをえなかったか」

半ば涙ぐみながら、普段の冷静さを忘れるように、私の前で、熱く語ってくれた老政治家。そこには、家族をも迫害に巻きこまれ、その後遺症に悩まざるをえなかった、人生の影が現れていた。

しかし同時に、彼には、歴史の女神クリオは、必ずや自分たちに微笑んでくれるという、不動の信念が揺曳していた。しかも、金大中氏の洗礼名は、トマス・モア――かの『ユートピア』の著者と同じ。カソリック教徒の彼は、決して、政治的報復と復讐を企てようとはしなかった。目には目を、歯には歯を。実際には、彼のなかに、癒しがたい復讐心が煮えたぎっていたかもしれない。許しがたい者たちへの報復感情が、むくむくと頭を擡《もた》げることもあったはずだ。

それでも、拉致事件の被害者になり、海の藻屑と消える寸前、神に命乞いをし、そして奇跡的に生還した経験を持つ「トマス・モア」にとって、復讐は神のみの仕業であり、自分は政治家として歴史と勝負し、歴史の星霜に耐えることをなせばいいと、信じていたに違いない。

「韓国の政治には、敵（エネミー）はあっても、ライバルはいない。そんな政治は、人の命を奪う、生きるか死ぬかの戦争ゲームだ。韓国内で、そして南北の間で、戦争ゲームを終わらせ、ライバル同士の競い合い（アゴーン）にすることが私の使命である」

金大中氏は、常々そう語っていた。同時に、

「生きている間に、朴正熙氏に一度、会いたかった。残念だ」

と、付け加えることも忘れなかった。

もし、二人の会談が実現していれば、いくつかの悲劇を避けられたかもしれない。金大中氏は、闘争の人であるより、和解の人だったのであり、それが「トマス・モア」にふさわしい態度だった。

そうした想いは、国内の暴力的なリーダーや北朝鮮に向けられただけではない。日本にも向けられていたのである。

金大中拉致事件は、日韓の政治決着によって、その後、公的に真相究明されることはなかった。彼の運命は、弄ばれたかのようである。にもかかわらず、大統領就任後の彼は、日本政府に対して、報復ではなく、むしろ政治的な和解の手を差し伸べ、日本の文化への深い理解を示した。日本の大衆文化の「解禁」に、非難轟々《ごうごう》の嵐が渦巻くなか、あえて日韓交流へと舵《かじ》を切った政治的決断は、彼なりの歴史的な深い洞察に支えられていた。

「姜さん、隣国の文化に門戸を閉ざした我が国は、恥ずかしいと言わねばならないね。そうでしょう。日本の文化に飲みこまれるぐらいなら、むしろそうしたほうがいいくらいだ。たったそれだけの値打ちしかないんだから。でもね、隣の大国・中国にも同化せず、長い歴史と伝統、文化を保ち続けてきた我が国が、そんなことで地上からなくなるなんて、考えられないでしょう。だから、私は積極的に日本の文化に門戸を開く方針をとったんです。そして、我が国も、大衆文化を世界に発信していくべきだと考えたんですよ」

その後、韓流、K－POPなど、音楽や映像などの大衆文化は、アジアのみならず、グローバルな規模で世界に広がった。金大中氏が始めた文化政策の転換は、韓国そのものを大きく変えた。そして日本に対する彼の宥和《ゆうわ》政策は、「小渕―金の未来志向」となって日韓共同宣言が出され、日韓の距離を縮めることに貢献したのである。

それから二〇年の節目に、三度目、四度目の南北首脳会談が実現し、歴史的な米朝首脳会談も日の目を見た。

金大中氏の「孫弟子」ともいうべき文在寅大統領が、米国と北朝鮮を仲介し、今や朝鮮戦争の終結すら、眼前に浮上しつつあるのだ。金大中氏の「歴史と勝負したい」という願いは、蟷螂《とうろう》の斧《おの》ではなく、北東アジアの変化を促す現実の力となりつつある。それもこれも、スイカズラのように冬の厳しさに耐える「忍」の一徹のなせるわざであろう。すべてのわざには、時があるのだ。

末期の花

高原を彩るさまざまな花たち。恥じらうような小さな花。茂みのなかに身をひそめるように咲く花。もっこりと顔を覗かせて愛嬌をふりまく花。ひとり孤高を保つように咲く花。高原の女王のように優雅に咲く花。

その色合いや形はさまざまでも、花たちは健気にも、高原の住人たちに、人生が生きるに値することを教えてくれる。

どうして花は咲くのか。どうして花には色があるのか。そんな子供っぽい問いかけをしたくなるほど、高原の花たちは、芥《あくた》にまみれたような心を、無邪気な童心に戻してくれるのである。

「姜さん、どうして花は咲くのか、わかりますか。一〇万、一〇〇万の人間が死んでも、花は何もなかったように咲くんですよ。こんなに美しい色でね。こんなに美しい色で、人を慰めてくれるんですよ。ただ、それだけで生きている意味があると思うんです。何も求めなくても、花は咲いてくれるんですよ」

遠く南アルプスの雄姿を見つめながら、加島祥造《かじましようぞう》さんは呟くように語ってくれた。南アルプスと中央アルプスに挟まれた伊那谷《いなだに》に居を構え、悠々自適の老後を過ごす加島祥造さんは、齢卒寿の「伊那谷の老子」と呼ばれていた。

でも、悟りを開いた、老子のような風貌にもかかわらず、娑婆《しやば》っ気が抜けているようには見えなかった。その背負った「業」と因果を払うようにタオイストになりながらも、それでも人情の世界に生きざるをえない「伊那谷の老子」にとって、花は生をこの世に繫ぎ止めてくれる最後の縁《よすが》に見えていたに違いない。

春の歓《よろこ》びに満ち溢れていた伊那谷の庭には、それを待ちわびたように高原の花たちが咲き誇っていた。

庭の片隅に案内されると、そこには小さな卒塔婆《そとば》らしきものが立っていた。その周辺には白い貝殻のようなものが散らばっている。

「姜さん、これはね、私が命がけで愛した女性の遺骨の一部なんです。ドイツからやってきた女医でね。彼女はずっとここにいるし、私もね……」

私はただ黙って加島さんの話を聞くしかなかった。

戦争を生き抜き、詩人を志し、英米文学者として、また翻訳家としても名をなし、そしてタオイストに転じた「伊那谷の老子」。その生涯は、二〇世紀そのものの激動を映し出している。

花は咲く。

ただ人を慰めるためだけに、花は咲く。

末期の日に見えるもの、それが花であれば、しかも、我が家の庭の花であれば、それだけで満足かもしれない。高原に棲み、ますますそう思えるようになった。庭の片隅に骨となって散らばり、花たちと過ごせれば——。

——人生の上を飛翔し、諸々の花と　黙《もだ》せる萬象の言葉を　易々と解する者は　幸なるかな——（ボードレール『悪の華』鈴木信太郎訳より「高翔」）。晩年の母は、明らかにそうした幸せの境地にあった。そして私もその後を追いたいと思う。

第四章　我々は猫である

ルーク登場

小さいころから犬に親しんできた私は、圧倒的に「イヌ派」である。いや、正確に言えば、「イヌ派」であったと言うべきか。というのも、最近になって「イヌ派」から「ネコ派」に宗旨替えしたからだ。

熱狂的な愛犬家からは、何と浮気なヤツと叱られそうだが、仕方がない。これもまた、高原に棲むようになって私のなかに起きた大きな変化であり、唯一、母の教えに反するとしたら、猫を飼うようになったことだろうか。それでも、母はあの世で苦笑いしながら、仕方がないと許してくれているはずだ。

そもそも、我が家は、有無を言わせないほど「イヌ派」であった。母が子年《ねずみどし》の生まれで、大の猫嫌い。父も、番犬として、雑種の迷い犬を飼っていたこともあり、猫などお呼びではなかったのである。

特に、母の猫嫌いは度を越していた。猫は不吉な使者であり、一家に不幸をもたらす疫病神と固く信じていたのである。腹をすかした迷い猫が、助けてちょうだいと哀願するように悲しい声で鳴いていても、「しっ、しっ、し」と、嫌悪感を露に追い散らしていたくらいだった。ところが、犬になると、対応は一変。我が家に迷いこんでくる犬なら、どんな種類でも厭《いと》わず、甲斐甲斐《かいがい》しく世話を焼こうとした。

こんな母の影響もあり、私は、猫を生理的に嫌っていた。しかも、どういうわけか、子供のころに観た映画にしばしば、化け猫が登場し、猫は怨霊の化身という、おどろおどろしいイメージが定着してしまったのである。

それに比べて犬は明朗で、裏表がなく、主人に忠実。純真無垢の天使のように、愛嬌を振りまいて、飼い主を労《いたわ》ってくれる。イタズラがばれ、親に叱られて夕食にありつけずに、家の片隅で泣きじゃくっていたとき、私の顔をところ構わず舐めてくれたボスは、焦げ茶色の雑種の中型犬だった。ペットというより、ありがたい友だちだったのである。

ボスは、一匹狼《いっぴきおおかみ》のような風情があり、用心深く、しかし、身の危険を感じると、大型の犬にも奇襲をかけるほど大胆だった。眼光鋭く、それでいて、気を許せる飼い主には、自己犠牲を厭わない従順さがあった。

甲斐甲斐しくボスの世話を焼いていたのは、「おじさん」だった。「おじさん」は、若いころは、臑《すね》に傷持つ強面の連中も一目置くような「顔利き」だった。しかし、縄張り《シマ》の利権を巡る争いで大怪我を負い、それが縁で、父の勧めで、我が家にいつくようになったのである。

口下手で、酒も嗜《たしな》まず、唯一の嗜好は煙草で、一年三六五日、ほとんど休む暇なく働き続け、まるで自分に鞭打《むちう》つように、人が嫌がる仕事に汗をかいた。故郷に妻子を残したまま、単身、植民地から日本に流れ着いた「おじさん」は、天涯孤独、どこか暗い影がつきまとっていた。

その「おじさん」とボスは、似通うものがあった。「おじさん」もきっとそう思ったに違いない。

我が家の父も母も、そして「おじさん」も犬に強い愛着を抱いていたのであるから、猫が入りこむ余地などまったくなく、私のなかで、猫はそれこそ「害獣」の類と同じイメージが定着していたのだ。

家族同然のボスが消え入るように亡くなったとき、「おじさん」の落胆ぶりは、傍から見ていても痛々しかった。「おじさん」は、その亡骸《なきがら》に、自分の姿を重ね合わせていたに違いない。地べたに腰をおろし、煙草をふかしながら、ただ黙って深い物思いに耽る「おじさん」の姿は、ボスの哀れな姿を思い起こさせた。

こんなわけで、実生活のなかに猫が入りこんでくることなど、想像すらできなかったのである。それが、まんまと妻の工作に騙され、猫を——成猫になれば、七キロ前後になる長毛種のラグドールを、飼う羽目になったのだ。胸にフサフサのヨダレかけを掛けたような、図体の大きい毛むくじゃらの猫が、我が物顔に家のなかを徘徊《はいかい》している光景を見たら、母はきっと卒倒したに違いない。

私が留守の間、妻が知り合いのサークルなどで過ごすとき以外、無聊を慰める相手として、犬ほど手間がかからない猫が候補に上がり、「試し飼い」という、中途半端な言葉にほだされて、受け入れることになったのである。だが、「試し飼い」とは言葉だけで、すでに妻は周到に準備をし、既成事実を重ねることで、引き返せないようにガードを固めていた。

差し出された妻のスマフォには、顔の一部が薄茶で、全体が白っぽいぬいぐるみのような猫が映っている。頭は大きめで、ややつり上がった青い目に丸い頬。猫と言えば、三毛猫くらいしか浮かばない私にとって、妻がご執心の猫は、この世のものとは思われないほどバタ臭く、何やら、猫の模造品を見せられているような感じだった。

「まさか、これを飼おうと言うんじゃないだろうね」

妻の話では、そのつもりはないが、一度試しに我が家においてみてはどうか、ということになった。どうしても相性が合わないなら、ブリーダーに引き取りに来てもらっていいので、とにかく試しだから、と熱心に言われ、曖昧な返事をしたままだったのである。

しかし、それがアダとなった。

曖昧な返事を、賛同してくれたと勝手に解釈した妻は「お試し」期間とやらで、ちゃっかりと意中のラグドールを我が家に引き入れていたのである。

数日、留守にし、我が家に戻ると、何やら家のなかの空気がおかしい。帰るなり、妻からは「しーっ、静かに入っててちょうだい」と口に指を当てて、注文をつけられる始末。どうしたのかと、リビングを見渡すと、テラスに面した窓のカーテンが、何やら小刻みに揺れている。

「どうしたんだい、いったい」

キョトンとしていると、妻が黙って、その揺れているところを指差し、「いるのよ、いるのよ」と嬉しそうな、深刻そうな顔で囁く。

私もつられてヒソヒソ声になり、「何がいるんだい」と呟くように尋ねると、「あれよ、あれ、ラグドールよ」と妻の答え。

一瞬、私は、声をなくすほど驚くとともに、カーテンに隠れて小刻みに震えている毛むくじゃらの生きものに度肝を抜かれてしまった。ダックスフントほどの、その生きものは、頭をカーテンのなかに突っこみ、胴体と同じほどの長さの尻尾を、だらりと力なく下げたまま、ブルブルと震えていたのである。

それが、我が家のアイドル、オス猫のルークとの出会いだった。敢然と登場とはいかず、臆病然とした、情けないデビューとなったのである。

その後、一週間ほど、ルークはタンスのなかの狭い場所や四角い箱のなか、書斎の死角になりそうな隅に終日、隠れたまま、私たちの前に一向に姿を見せようとはしなかった。

それでも、真夜中に出てきて、餌と水をしっかりとお腹に入れているらしい。朝起きてみると、確実に減っているのがわかる。そんな調子ではあったが、なかなか顔を見せないその神経質なラグドールを、渋々、我が家におくことにしたのだ。

やがて、我が家の新住民も、環境に慣れてきたようだった。私たちが見ていても、恐る恐るだが、気配を窺うようにして近づいてくる。しかし、ちょっと物音を立てるだけで、ギクッと驚いた様子で、すごすごと陽の当たらない物置や寝室のベッドの下、書斎の隅に身を隠そうとするのである。生後六ヶ月とは思えない、猫にしては巨《おお》きな体軀を揺らせながら、脱兎《だつと》のごとく、いや、ネズミのように逃げていく様は、哀れというか、はたまた、ひょうきんというか。

犬ならば、餌をやろうとすれば、愛想よく近づいてくるはずだし、頭を撫でてやれば、喜んでシッポを振って親愛の情を示してくれるはずだ。それが、どうだ。猫ときたら、愛想笑い一つするわけでもなく、逆に、警戒心を露にして、スタスタと隠れてしまうのだ。犬と猫の違いに、私はあらためて驚かされた。

しかし、同時に、今まで私が想像もできなかった「ペット」の生態の一面に、新鮮な驚きも感じたのだ。

妻は、子供のころ、猫を飼っていたこともあり、世の中は「イヌ派」が大勢と錯覚していた私の驚きなど、理解不能かもしれない。

「仕方がないわね、この猫は……。そう言えば、名前をつけていなかったわ。〝この猫〟じゃダメだし、何かいいネーミングはないかしら」

妻が、名前のことを言い出したということは、もう飼うことは決定事項なのか。――内心、合点がいかないものの、外堀も、内堀も埋められていて、元に戻れる状態ではなくなっていた。

「じゃあ〝ルーク〟というのはどうだろう」

「〝ルーク〟? いいわね、男の子だし、呼びやすそう。福音書の〝ルカ〟のことでしょう」

「そうだよ。せっかく我が家にいて、名無しの権兵衛じゃかわいそうだし」

「いいわ、とてもいいわ。では、〝ルーク〟にしましょう。それで決まりね。それに〝ルー〟って短く呼んでもサマになるし」

『ルカによる福音書』は、福音書のなかでも、最も苛烈で、厳しい。「わたしは、火を地上に投じるためにきたのだ。火がすでに燃えていたならと、わたしはどんなに願っていることか。……あなたがたは、わたしが平和をこの地上にもたらすためにきたと思っているのか。あなたがたに言っておく。そうではない。むしろ分裂である」（一二章四九―五一節『聖書』日本聖書協会、一九八六年）。

この章句に出会ったとき、私は、棍棒で頭を殴られたような衝撃を受けた。何と苛烈で容赦がないのかと。愛と平和のイメージが崩れ、裁きと諍《いさか》いのイメージすら思い浮かべてしまうほどだ。

だが、イエスは、「わたしには受けねばならないバプテスマがある。そして、それを受けてしまうまでは、わたしはどんなにか苦しい思いをすることであろう」（一二章五〇節、同前）とも付け加えている。それは、イエスが、すべての罪びとの罪を贖うために、十字架に架けられ、苦しみを一手に引き受けることを意味しているのである。分裂とは何か。それは、その十字架上の愛を、受け取るのか、受け取らないのか、ということだ。妥協などをいっさい排した、二者択一の決断を迫っているのである。

私には、神学上の解釈に口をはさむ資格などない。しかし、ルカのこの章句が、鮮烈な印象を与えたことは間違いない。と同時に、十字架上の愛を、受け取ることも、拒むこともできず、ぐずぐずとし、時には、内に抱えこんだ弱さを自嘲的に弄び、それを避難所にするずるい自分がいることも理解していた。

おそらくそれは、漱石の『門』の主人公のように、門のなかに入ることも、そこから遠ざかることもできないまま、その下で佇んでいる姿に近い。

金大中元大統領の、洗礼を受けながらも、心に葛藤を抱え、十字架上の愛をどうしても受け取ることができない自分がいたという肉声に、老獪《ろうかい》な政治家のなかの「普通の人間」らしさを見た思いがしたものだ。だが、KCIAによって拉致され、海の藻屑と消えるかもしれなかった瀬戸際、ただ神の愛にすがるしかなかった彼は、奇《く》しくも、死の淵から生還した。そして、イエスの深い愛を確信するとともに、政治家としてのミッションに、あらためて覚醒させられたのである。

以来、老獪なマキャベリスト的な権力の操舵《そうだ》を知り尽くしながらも、金大中氏は、一貫して、政治的報復を否定し続けた。彼を死に追いやろうとし、暴力によって無辜の民を犠牲にした権力。現代韓国の歴史は、そのような血なまぐさい政治的暴力と報復の歴史だったとも言える。彼には、常に毀誉褒貶《きよほうへん》がつきまとっていた。その一部には真実も混ざっていたかもしれない。しかし、彼は、十字架上の愛を受け止め、罪と泥にまみれた政治の世界で、自らの生命を燃焼し尽くしたのである。

「友」か「敵」か。

この二者択一しかない世界には、十字架上の愛を受け入れる余地はどこにもないはずだ。金大中氏は、よく理解していたに違いない、そこには、報復の連鎖しかないのだと。では、その悪夢のような連鎖を、いかに断ちきるのか。宗教的な布教や活動によってではなく、権力の冷徹な狡智が不可欠な世俗の政治を通して、どうすれば、真の和解と平和を実現することができるのか。

金大中氏は、現代韓国の歴史を彩る報復の連鎖が、世界を二分する冷戦の論理に基づくことを、誰よりも知悉《ちしつ》していたに違いない。だからこそ、宿敵である北朝鮮に赴く決定を下したのではないか。分断こそが、朝鮮半島の悲劇、その飽くなき報復の連鎖の元凶であり、それを突き崩すことこそ、彼の政治家としてのミッションだった。

そうした姿勢は、盧武鉉《ノムヒョン》元大統領に受け継がれていったように見えた。しかし、その悲劇的な最期は、金大中氏の政治的なレガシーが途絶え、韓国が、報復の政治に舞い戻ったことを意味していた。だが、一〇年の後、一〇〇万人を超える平和的なキャンドル・デモが、李明博《イミョンバク》、朴槿恵《パククネ》と二代続いた旧体制的な政権の退場をもたらし、ふたたび金大中氏のレガシーを受け継ぐ、文在寅大統領が登場したのである。

金大中氏の衣鉢を継ぐ文在寅大統領の、南北間、米朝間をとりもつ仲介者としての役割なくして、南北首脳会談も、米朝首脳会談も、日の目を見ることはなかったかもしれない。朝鮮半島を、そして北東アジアを巡る激変は、確実に、この地域の分裂体制と報復の根を断ちきる兆しとなりつつある。

気弱な猫に「ルーク」はもったいないか、いや、そう呼べば、我が家の新参者も、それにふさわしい姿に成長していくに違いない。そうした期待も込めて、新たな住人の名は、「ルーク」ということに相成ったのである。

吾輩は謎である

一ヶ月が過ぎ、ルークの振る舞いにも変化が生まれていた。おどおどとして、自らの気配を消すように隅っこに隠れていたルークが、いつの間にかドヤ顔で、のそのそと家のなかを闊歩《かつぽ》している。気が向くと、ごろりと仰向けになり、ゴロゴロと喉を鳴らして、体を優しく撫でてくれと要求するまでになったのだ。

何という図々しいヤツ、と、思わず顔がこわばりながらも、ついつい「ルーちゃん」と、それこそ猫なで声で媚《こび》を売るように、喉から腹の辺りを摩《さす》っている自分がいた。我ながら可笑《おか》しくなるほどの豹変ぶりだが、ルークには、何とも言えない魔力のようなものがあるのだから不思議だ。

ラグドールとは、「ぬいぐるみ」を意味している。このことからも窺い知れるように、人に抱かれることを好むと言われている。我らがルークも、きっとそうに違いないと思いきや、まったく逆である。

抱きあげて、頭を撫でてあげようものなら、窮屈だからやめてくれとばかりに、力一杯にもがき、するりと両手から抜け出して、さっと遠ざかってしまうのだ。

「あなた、ルークって変わっているのよ。手をかけないで放っておくと、いつの間にか後ろから私の体にすり寄って、すっと離れていくの。可愛いと思って抱きあげると、近すぎて、嫌みたい。じっとしていることなんか、一度もないのよ。プイって、顔を背けて離れていくんだから。よくわかんないわね」

「まったくそうだ。一緒にいたいのか、離れていたいのか、よくわからないね」

ルークとどんな間合いを取ればいいのか、何よりもそんなことで悩まなければならないとは、妻にとっても意外だったらしい。ましてや、「イヌ派」である私には、想像もつかないことだった。

ルークは謎めいている。

仰向けに寝て、お腹を撫でて欲しいとおねだりをするルークは、幼子のように無邪気だ。しかし、抱いてスキンシップをしようとすると、するすると逃げていく。それでいて、背後から接近してきて、瞬間のスキンシップをすると、そろりと離れていく。実に、謎めいているのだ。

それだけではない。朝は気だるそうで、瞳孔は針のように細くなり、招き猫よろしく、下駄箱の上で置物のように動こうとしない。それなのに、夜になると、瞳孔は大きく開いてまん丸になり、リビングの端から端を、まるで何かに取り憑かれたように猛スピードで疾駆し、獲物を狙うヒョウのように動きまわっているのである。

ただし、昼間でも、ピンポンと見知らぬ人が押す呼び鈴の音を聞いただけで、まるで電流に打たれたようにビクッとし、一目散に階段を駆け上って、二階に遁走《とんそう》してしまうのだ。その滑稽なほどの臆病な狼狽《ろうばい》ぶりを見ると、何と情けないヤツと思ってしまう。

それでも、妻によると、私を乗せた車が我が家の前に近づいた途端、二階からするすると降りてきて、下駄箱の上で私を待っているというのであるから、いじらしいほど健気なルークに思わず頬ずりをしたくなる。

「不思議ねぇ、まだ音もしないのに、あなたが乗った車だとわかったみたいに下に降りてきて、きちんと待っているんだから。あなた以外なら、さっと二階に逃げてしまうのよ。猫には、何か超能力があるのかしら。それとも、ルークだけ、そうなのかしら」

犬を飼っていたとき、犬を一つの謎と思ったことは一度もなかった。第一、飼い犬にゴマをすって近づこうなどと、考えたことすらない。犬は、人間にあまりにも近すぎて、謎めいた部分が、ほとんど感じられないのである。

しかし、猫には、得体の知れない何かがある。とりわけ、ルークには。

最後の一線を越えて、もっとスキンシップを図ろうとすると、人間をピシャリと拒んでしまう、頑なほどのガードの固さ。それが逆に、ルークに謎めいた雰囲気を与え、私を引きつけて離さない。遠目には交わっているように見えるのに、決して交わることのない鉄道のレールのように、どこかもどかしさを感じさせる。ルークは、我が家のアイドルなのだ。

あるとき、食卓の上にさっと飛びあがり、茶碗《ちゃわん》や皿、お椀《わん》の間を、そろりそろりと歩き出して、さすがにびっくり。胴体ほどの長さのふさふさの尾っぽの毛が、ご飯や汁のなかに落ちるのだから、母がそれを見たら、正気を失うほどびっくりするに違いない。

いくらなんでも、これには私も我慢できず、「ルーク！　ダメだよ」と声を荒げるも、一瞬たじろぐ様子を見せたものの、こちらの怒りのワケは、皆目、見当がつきかねるようで、鳩《はと》が豆鉄砲を食らったように、キョトンとしている。そして、キッチンとダイニングの間のカウンターにひらりと飛び乗り、その上に所狭しと置かれている食器や香辛料の瓶、花瓶の間を抜き足、差し足で巧みに通り抜けていく。その軽快でリズミカルなこと。感心するばかりだ。

ずんぐりむっくりの相撲取りが、バレエシューズを履いて華麗に踊るような光景を見せられて、あらためて、不釣合いな魅力に感心することしきり。

「まぁ、この子ったら、こんなところを歩きまわるなんて、悪い子ね。ダメよ、ダメ、ダメでしょう、ルーク！」

妻も、声を荒げてしきりに睨《にら》んでいるが、目元は笑っている。ルークのユーモラスな動きに、魅了されているようだ。

とはいえ、食べ物をねだるときのルークは現金で、謎めいた部分などいっさい消え失せ、実に凡庸というか、ありきたりのペットになってしまう。キッチンにいる妻のそばに近寄ると、駄々っ子のようにどら声で啼き、時には、足を噛んだりするのだ。「早く、早く、いつものものをくれよ。まったく気が利かないんだから」と、何やら傍若無人に催促するドヤ顔になっているのである。

妻もタジタジだ。それだけではない。冷蔵庫からレトルトのツナを取り出し、乾いたキャットフードに混ぜてやらないと、プイと横を向き、またぞろ足元に近づいておねだりをするのだから、そのゴーマンさには呆れてしまう。

一見すると、人見知りで、弱々しそうなラグドール。そのルークが、時には、勝手気ままに徘徊したり、飼い主の足を噛んで要求したり、そして何やら曰くありげにスーッと姿を消して人目につかないところに引きこもったりするのであるから、どれが本当のルークなのか、見当がつかないほど謎めいているのである。その上、思ってもみないところから飼い主に近寄り、さっと身を引く、その絶妙の距離感は、小憎らしいほどだ。それでいて、独り網戸越しに座り、生々しい外気の流れにしばし我を忘れるように、たそがれていることもある。ルークには、百面相の生態がありそうで、謎は深まるばかりである。

相棒

気が弱そうで、大胆、そして繊細。謎めいた、動く矛盾の塊のようなルークだが、時おり、とても切なさそうな雰囲気を漂わせることがある。

特に、小さなテラスに通じる硝子戸越しに、じっと外の様子を眺めたまま、石のように動かないルークの姿には、寂寥感のようなものが漂っている。しかも、座りこんで、前脚を揃《そろ》えたまま、静かにしている後ろ姿を眺めていると、顔の表情がわからないだけに、ますます孤独の影がさしているように見えるのだ。

妻も、ルークが不憫《ふびん》でならないようだ。

単に、同情しているだけ、と思っていたのは浅はかだった。その間、妻は何と、ルークのお仲間を、我が家に引き入れることを虎視眈々《こしたんたん》と狙っていたのである。

「あなたがいないとき、また、裏の家の黒ちゃんが何度かやってきて、ルークが大変だったの。何だか取り憑かれたみたいに大騒ぎして。黒ちゃんも黒ちゃんで、ずっと見つめ合っていたのよ。黒ちゃんが動き出したら、そっちに近寄って、硝子戸を引っ掻くような素ぶりをするし、いなくなってからも、ずっと黒ちゃんのことを探すような様子で。かわいそうで、かわいそうで。あなたも何とかしてあげたいでしょう」

「……何とかしてあげたいね」

妻は、待ってましたとばかりに、ルークのお仲間の「試し飼い」を提案してきたのだ。イヤな予感がしながらも、妻の顔を見ると、もう既成事実ができてしまっているようで、万事休す。

かくして、ルークの相棒の登場と相成ったのである。猫嫌いが、よりによって二匹も飼うことになったのであるから、これは悲劇を通り越して、喜劇としか言いようがない。そのうち、我が家は猫屋敷になるのでは……。そんな不安を感じているうちに、ルークの相棒のお出ましとなった。

野生のヤマネコと、短毛種のイエネコを交配してつくられた、ベンガルに近い。やはりオス猫で、歳もほぼルークと同じである。

しかし、面構えが精悍《せいかん》で、飼い主に捨てられても生き延びたしたたかさがそなわっているせいか、ルークよりはるかに野性味を帯び、生存本能も、ずっと優っているように見える。

妻の期待は、見事に裏切られてしまった。

新しい猫を迎えるときには、慎重の上にも慎重を重ねなければならないし、若いオス同士の相性となると、最悪になるケースが多い。しかも、ルークは比較的大人しい猫種で、相棒は、ヤマネコの野性味を残すベンガルに近い。その上、見捨てられて、痛い目にあい、浮世の冷たい風にも何とか耐えてきた、すれっからしのオス猫である。どう贔屓目《ひいきめ》に見ても、相性の悪さは歴然としていた。

新参者の相棒が姿を現した途端、ルークは、一目散に風呂場近くの物入れのなかに逃げこみ、身を隠したまま、一歩も外に出ようとはしない。ベンガルはどうかと言えば、警戒心が強いのか、最初のうちはカウチソファの下に身を隠そうとしていたが、フードや水を自由に飲み食いできるとわかると、いつの間にかリビングの中央に陣取り、まるで、自分こそが古株だと言わんばかりに、泰然としている。要するに、ルークよりも肝っ玉が据わっているのだ。

相棒の登場以来、一日が過ぎ、二日が過ぎても、ルークは水もフードも口にせず、息を殺したように物入れから動こうとはしない。

さすがに、妻も心配になったようだ。

戸を開けて、引きこもったルークの様子を見ると、暗がりのなかで物悲しい呻《うめ》き声をあげながら、恨めしそうに私たちの顔を見つめている。

しかし、それでも四日目になると、さすがにルークもお腹が空き、喉が渇くのか、恐る恐る物入れから出てきて、ベンガルがいるソファから離れたリビングの隅を、抜き足差し足で歩きながら、水とフードのある場所に近づこうとする。

妻と私はキッチンに隠れて、その様子を窺うが、ルークのトホホな姿には、さすがに失望してしまう。

「すいません、お兄《あに》いさん、ここを通してもらいます」。こんな風にベンガルに許しを乞う卑屈な姿がありありで、不甲斐ないやら、いじらしいやら、ルークがかわいそうで仕方がない。

当のベンガルは、そんな無様なルークをシカトする素ぶりを見せつつ、睨みつけている。

これじゃダメだ。何とかしなくては。

「よし、こうなったら、いっそのこと、二人を、いや二匹を近づけてみたら？」

「え、大丈夫、そんなことして。逆にひどいことにならないかしら」

「でも、お試しは一週間じゃなかった？　そんなに時間がないんだから、白黒をつけたほうがいいじゃないか」

どちらかと言えば、待てない性格の私の思いきりのよさが、ルークにとんだ災難をもたらすことになったのである。

例のベンガルを抱いて、ルークが身を隠す物入れに近づき、なかに入れようとした途端、まるで電流が身体中を巡って、一瞬痙攣《けいれん》したように「フニャー」という叫声を発したかと思うと、ルークはドタドタと物入れを飛び出し、一目散にリビングのカーテンの裏に向かって頭を突っこんだまま、ピクリとも動かなくなったのだ。

何と不甲斐ないヤツ、でも何てかわいそうなのだろう。妻の顔にも、ルークの臆病さに呆れながらも、哀れみの情がありありと浮かんでいる。かくして、ルークに相棒をという私たちの願いは、不発に終わることになったのである。

吾輩の相棒、ふたたび

時ならぬ一陣の嵐が過ぎ去り、やっとルークにも独り身の気楽さが戻ったのかと思っていたら、何やらテラスに通じる網戸の前でじっと座ったまま、物思いに耽る機会が増えたようだ。そんなとき、たまさかテラスを、裏の家の黒がのっそのっそと通り過ぎていこうものなら、大変だ。

ルークはたちまち、そわそわ、あっちにこっちにキョロキョロ、落ち着かない。黒がルークに顔を向けて目が合うと、じっと無言のまま、しばらく睨み合いが続くのである。そのうち、糸が切れたように、黒がフンと鼻であしらうような表情を見せて、まるでルークをシカトするように、またのっそのっそと視界から消えていくのである。ルークはその後ろ姿をずっと追い続け、前脚を網戸にかけたまま、しばらく動こうとしない。

猫たちが、沈黙のうちに、どんなシグナルを送り合っているのか、飼い主にはわからない。でも察するに、「お前なんか、半端者だな、若造。そんな大層な毛皮のようなものをかぶってよ、ずっと家のなかかよ。俺みたいに表に出てみろ、オタンコナス」とでも黒にからかわれ、何も反駁《はんばく》できず、「僕も外に出たいんだけど、出られないんだよ」とこぼしているかもしれないのだ。

「あなた、ベンガルがいなくなって、ルーク、ホッとしたように見えたんだけど、ちょくちょく網戸のところに寄ってきて、ずっと外を見たまま、動こうとしないのよ。やっぱり寂しいのかしら」

「そうだね、つまんないのかもしれないね。ずっと家のなかだけじゃ。でも、外に出て、味をしめれば、野良猫のようになるかもしれないし。仕方ないさ、楽園を出れば、自由はあっても、いつどうなるかわからなくなるんだから。かわいそうだけど、外の世界を知らないほうが幸せなのかもしれない」

楽園――。この世の「地上の楽園」と言えば、一九五〇年代末から八〇年代の半ばまで続いた、在日朝鮮人の北朝鮮への帰還事業が思い浮かぶ。日本人も含めた、九万数千人もの人びとが、なぜ海を越えて「地上の楽園」と讃えられた北朝鮮に帰還するようになったのか。この稀《まれ》に見る「民族移動」の背景、その国内的、国外的な要因は複雑で、さまざまな団体や組織、また、国家の思惑や意図が絡んでいた。

戦後を代表する女優、吉永小百合さんの出世作とも言える映画「キューポラのある街」（浦山桐郎《きりお》監督、一九六二年）のなかにも、戦後の鍋底景気で呻吟する底辺の在日朝鮮人たちが、「地上の楽園」に一縷の望みを賭けるように、帰還船が出航する新潟港に向けて出発するシーンが出てくる。近隣の知人や友人が幟旗《のぼりばた》を掲げ、「万歳《マンセー》、万歳！」と叫びながら新潟行きの列車を見送る場面は、日本全国、在日朝鮮人の集落のある場所では見慣れた光景だった。

その日本人と在日朝鮮人との「麗しい」関係は、悲劇の始まりでもあった。今から思えば、奇怪な光景だったとしか言いようがない。ほとんどの在日韓国・朝鮮人の故郷、その先祖代々の墓のある場所とは無縁の、三八度線の北にある国への「帰還」であれば、それは正確には「内国移民」とでも言うべきだった。同じ「コリア」と言っても、行ったこともなく、親戚縁者もいない場所。喩えて言えば、九州しか知らない日本人が、突然、北海道に移動して棲みつくようなものであり、気候も環境も未知のものであったはずだ。

にもかかわらず、なぜ在日朝鮮人は、北を目指したのか。「帰還」を積極的に推進した団体や組織、それを支援した政党や組合。またそのように誘導した国家やそれに準ずるような機関。さらに北東アジアを取り巻く朝鮮戦争後の冷戦の激化など、複雑な要因が絡んでいる。

帰還事業が中止になって、かれこれ三五年近くの歳月が流れた。いま、北朝鮮は、「地上の楽園」どころか、「この世の地獄」のような「ならず者国家」と見なされている。とりわけ、小泉純一郎首相の訪朝で明らかになった日本人拉致事件以後、北朝鮮は、蛇蝎《だかつ》のように嫌われ、憎しみの対象にすらなってしまった。

テロや襲撃、武器の密輸やマネーロンダリング、そして無辜の市民の拉致。もはや、北朝鮮を「地上の楽園」と呼ぶものがいるとすれば、それは、太陽は西から昇ると言うに等しい非常識以外の何ものでもない。確かに、北朝鮮を擁護すべき理由など、どこにも見当たらないように思える。

しかし、「地上の楽園」から「この世の地獄」に極端にブレてしまう北朝鮮のイメージ、その表象に問題点はないのか。

この点で、私には、ほとんどブレはなかった。むしろ一貫していたと自認している。なぜなら、一九七〇年代初頭、初めての韓国訪問の後、私は「韓国的カテゴリー」に立つことを選択していたからである。当時は、戒厳令下の台湾とともに、ゴリゴリの反動的な反共国家、暗い軍事独裁国家と見なされていた、三八度線の南側の国に、「民主化」のアリーナを設定する選択をすることで、私は「地上の楽園」の宣伝文句にイカれることはなかった。

そして何よりも、マルクスの好敵手でもあったマックス・ウェーバーにのめりこむことで、私は「地上の楽園」への惑溺に対する、知的な解毒剤を服用していたのである。ボルシェヴィキ革命の暗い未来に警鐘を鳴らしている『ロシア革命論』や、第一次世界大戦末の講演「社会主義」、さらに、社会主義や全体主義に通じる国家官僚制の病理を述べた『支配の社会学』など、ウェーバーの悲観的な見通しは、私の心を打った。暗室に自らを閉じこめたような思春期を送ったせいか、私は言わば「陽」のマルクスよりは、「陰」のウェーバーに強く惹かれていたのである。

当時の私には、北朝鮮は「地上の楽園」ではなく、むしろ「凍土の共和国」に近いと思われた。それでも、そこには、泣きもし、笑いもする人間がいることは、間違いない。泥のような、生気の失せた、生ける屍《しかばね》がいるのではないのだ。

しかも、いつ崩壊してもおかしくないにもかかわらず、なお延命し続けるその強靭な生命力はどこに由来するのか。ただの暴力や強権、統制だけでは説明できないはずだ。何がその支配の正統性を支え続けているのか。また北朝鮮といえども、生きた人間の集合体である以上、それは絶えず変化しているはずだ。まるで死んだ昆虫の標本のようにピンで留め、それを腑分《ふわ》けして、これが北朝鮮と診断することこそ、等身大の近隣国理解の妨げになっているのではないか。

「地上の楽園」は幻想であり、ありもしないフィクションだった。まさしく、それはフェイクだったのだ。にもかかわらず、その夢想に望みを託した多くの人びとがいたことは否定できない。それはなぜなのか。どこにも存在しない故郷を求めた人びとの内側に入りこんで、その動機を精緻に理解し、同時に、それらすべての虚構を明らかにする作業は、始まってはいない。まだ、それだけの「距離の感覚」が、北朝鮮に対して働いてはいないからだ。

しかし、南北首脳会談と米朝首脳会談の実現とともに、北朝鮮への「距離の感覚」が生じつつあると言えるかもしれない。それは、「地上の楽園」でもなければ、単なる「この世の地獄」でもなく、等身大の北朝鮮に近づいていくことを意味する。

残念ながら、ルークには、「地上の楽園」である我が家に留《とど》まってもらうしかない。野に放たれれば、迷い猫になり、高原の冬には耐えられないからだ。

それでも、内心、室内に囲うのは人間の勝手で、猫にしてみれば、小さな親切、大きな迷惑なのかもと思ってしまう。とはいえ、ルークがあるときフイといなくなったらどうしようという、妙な不安感も先立っている。少しは達観していると思っていたのに、こと飼い猫のことになると、「お悩み相談」に駆けこみたいほど、いろいろと考えこんでしまうのである。

「冬がとても寒いんですもの、ルークが外に飛び出したら、生きてはいけないわよ」

妻も、どこかで、ルークを家のなかに留めておく正当な理由を見つけ出したいのだ。

勝手にあれこれと想像すると、ルークが不憫になる。あるいは、ルークも生まれて初めて、自分という者が何者であるのか、考えさせられているのではないか。独りでいたときよりも、もっと孤独な心境にあるのではないか。私は、そんな風に考えるようにさえなったのである。これも、飼い主の、人間の、勝手な想像に過ぎず、ルークはいたって呑気《のんき》で、頭のなかは豆腐のようなもの。ただ、ぽつねんとしているだけかもしれない。

しかし、ルークの魔力は、次から次へと私の想念を刺激し、その無聊を慰めるために、何かしなければという思いに駆られてしまう。それは、妻も同じだった。というより、私よりもっと先んじて、すでに動物愛護家に掛け合っていたのである。再度の「お試し飼い」の提案に、内心、げんなりとしながらも、不思議に最初のときほどの抵抗感はなくなっていた。ルークが不憫で、何とかしなければ……。その思いのほうが優っていたのだ。

「あなた、今度のはね、日本でよく見かける雉猫《きじねこ》っていうヤツよ。ほら、焦げ茶色に黒っぽい縞《しま》模様が入っていて、額にはMのような黒い線が入っている。ルークと同じくらいの歳の子なんだけど、今回はメスで大人しそうよ」

仕方がないな……。そう思いながらも、やはり、どこか心配だ。果たして、ルークとうまくやっていけるかどうか。

ルークの新しい相棒候補が、我が家にデビューした日。仕事から帰ってみると、家のなかの空気がいつもと違っている。何やら微妙な、張り詰めた空気が漂っている。妻は、言葉を出さないまま、目で合図を送ってくる。ソファの陰に、「彼女」は体をやや小刻みに震わせながら、丸まったままじっとしていた。

私の気配に気づいたのか、そっと顔を上げて私を見るなり、もっと隅のほうに隠れようとしている。見るからに警戒心が強く、しかも随分、飼い主の酷《ひど》い仕打ちにも耐えてきたという、どこか哀れでいじらしい雰囲気だ。

妻と私は阿吽の呼吸で、できるだけ声も物音も出さないようにしていたつもりが、私のスマフォがするりと手元を離れて床に落ちてしまった。その瞬間、カツーンという音に飛びあがらんばかりに驚いた雉猫は、脱兎のごとくドアの隅に逃げこんでいく。

その様子は、まるで小さなオットセイが、お腹をゆらゆら揺らしながら走っているようだった。雉猫は、初見でもわかるほど、お腹がタップタップに膨れ、肥満気味の体を持て余していたのである。

「この子、随分、お腹が大きいんじゃない。これでルークと同じ年頃なのか?」

「そうなのよ。聞くところによると、とても食い意地が張っていて、よく食べるんですって。お腹が大きいから、走るのはどうかと思ったけれど、結構、チョコチョコと速いわね」

「ふーん、それでルークはどうしているんだい？」

妻は黙ったまま、風呂場の物入れのほうを目で合図する。さすがに、私も呆れてしまった。妻も呆れ顔だが、笑いを堪えた口元が一瞬、ほころぶ。

下手にこちらから小細工を弄しないことがよかったのか、それとも雉猫がメスでベンガルほど猛々《たけだけ》しくなかったのが幸いしたのか、二日目にはルークは辺りを窺いながらも、のそのそといつもの通り、部屋のなかを歩くようになった。

雉猫は警戒心を解かず、微妙な距離を保ちながら、日がな一日、ソファの下にデンと夕ップタップのお腹を横たえたまま、ほとんど動こうとしない。とは言え、キャットフードのカシャカシャという音がした途端、えいこらしょと突き出た腹を持ちあげるようにスタスタとペット用食器に近づいてくるのである。しかも、ルークが毎回、少食でわずかしか食べないのに、雉猫ときたら、自分のものだけでは足りないのか、ルークの皿にまで口をつけて、あれよあれよという間に空っぽにしてしまう旺盛な食欲ぶりだ。

「あなた、この子ったら、驚くわ。ルークのものまでいただいてしまうんだもの。歩いているのを上から見たら、お腹が左右に揺れて、飛び出しそうなくらいよ。こんなに食い意地が張ってるなんて、思ってもみなかったわ」

妻の驚きとも、嘆きともつかない言葉を知ってか知らずか、当の雉猫は、「ウィ〜、喰った、喰ったわ、本当に美味しかった」とでも呟いているように見える。

ルークはルークで、雉猫のガツガツした喰いっぷりに圧倒されたのか、じっとその様子を遠目に見守りながら、何やら投げやりな様子だ。

しかし、異変が起きたのである。

雉猫が、ルークのトイレを使って用を足そうとしたときの出来事である。テレビの前を横切るようにボードの上を歩きながら、その様子を窺っていたルークが、獲物を襲うヒョウのように身を屈め、抜き足差し足の体で近づいていく。そして突然、一陣の風のような素早さで、雉猫に背後から襲いかかったのである。

「フギャーアー」。断末魔のような叫び声が聞こえ、雉猫は死に物狂いの形相で逃げ出しソファの陰に隠れようとする。

時ならぬ絶叫に、妻も私もびっくり。そして何よりも、ルークの姿を見て二度びっくり。まるで「許すものか、お前、許さんぞ」と雄叫びをあげるような形相で雑猫を睨みつけ、追い討ちをかける素ぶりを見せているのだ。ルークのなかにこんな攻撃本能が宿っていたなんて、想像もできなかった。

それ以来、ルークは何だか活気づき、雑猫にたびたび、ちょっかいを出すようになった。しかも、まったくの予告なしに、何の声も発せず、沈黙のうちに襲いかかるのであるから、不気味と言えば不気味である。

そうすると、今度は雑猫が不憫に思えてしまう。

私が手を出して優しく撫でてみようとしても、なかなか警戒心を解かなかった雑猫も、フードをやるうちに懐くようになり、ペロペロと盛んに私の手を舐めようとする。しかも、もういいよと言いたくなるほど、体を私にすり寄せ、ゴロゴロと盛んに啼きながら、戯《じゃ》れようとするのだ。

妻も感心することしきり。手を差し出して軽く撫でてやろうとすると、最初に優しくしてくれたのが妻のせいか、膝の上に乗っかっていつまでも戯れようとする。すると、またしても、ルークが、ヒューとやってきて雉猫に襲いかかろうとする。雉猫は、慌ててテーブルの隅に身を隠す。ルークは、仁王立ちで睨みつけている。

「あなた、見た？　あんなにクールに見えたルークが、こんなことをするなんて。ルークにも嫉妬心があったのね。新発見だわ」

「ほんとだね。実は、とても情が濃いのかもしれないよ。それを、雉猫みたいにストレートに表せないだけかも」

「そうよ、きっと。面白いわね、猫って。でも、ルークはいいとして、雉猫にも名前がないといけないわ。何かいいアイディアがある？」

「そうだねぇ、この猫、チョコチョコ歩いているから、どうだろう、チョコラって名前は」

かくして、ルークとチョコラは、同じ屋根の下に同居することになったのである。もちろん、時おり、発作のようにルークがチョコラにちょっかいを出し、そのたびにチョコラの絶叫が聞こえ、付近に毛が飛び散ることがある。とはいえ、次第にそれも稀になり、ルークとチョコラは、奇妙な共棲関係をなすようになった。

そして、二〇一八年四月二七日、出張先の九州から帰った私は、妻が撮ってくれていた録画を再生しながら、画面に釘付《くぎづ》けになっていた。時々、テレビの前を、ルークが、のそのそゆっくりと横切っていく。

板門店の、南北を分かつ境界線を、韓国と北朝鮮の二人のリーダーが、手に手を取って跨ぐシーンに、ルークのシルエットが重なり、奇妙な感慨に襲われる。

二〇〇〇年のあのとき、飛行機のタラップから降りる金大中大統領を、その下で迎える金正日《キムジョンイル》委員長の姿を見て、感無量でこみあげる感動を抑えることができなかったのに、不思議にも今回は冷めている。正確に言えば、感動の塊のようなものが、冷えた殻のなかに包まれているような、奇妙な感覚があるだけである。

あの二〇〇〇年のとき、無二の心友は、その感動的な南北和解のシーンを見て程なくして世を去った。それから、母を亡くし、竹馬の友に先立たれ、子供にも先立たれた。気がつけば、古希を迎えようとしている。

人生の年輪、歳月が、頭をよぎる。それでも、感動の炎のようなものが消えてしまったわけではない。朝鮮戦争の年に生まれ、古希を迎えるころには、その終結を、この目で確かめることができそうなのだから。

ルークは、私の胸の内を知ってか知らずか、満面の笑みをたたえる二人のリーダーの姿を、いつものクールな目つきで一瞥《いちべつ》し、ソファの下のチョコラを睨みつけている。

「あなた、そんな近くで観てちゃ、目に悪いわよ。少し離れたら。よかったわね、あなたの言ってた通りになりそうで」

「ああ、そうだね。でも継続中だ、これからも」

「そうね、すべて継続中なんだから」

今日はどういうわけか、ルークとチョコラは警戒しながらも、近くに寄り添い、お互いを見つめ合っているように見える。

終章　故郷について

静かな覚悟

それは、既視感にあふれた光景だった。

南北を分かつ軍事境界線上の板門店で、板門閣の扉が開き、屈強なボディーガードに囲まれた若い独裁者は、黒っぽい人民服姿でゆっくりと巨体を揺らしながら階段を降りてくる。南側の境界線近くに立つ韓国の大統領。ボディーガードたちが蜘蛛《くも》の子を散らすようにいなくなると、独裁者はひとり、境界線上に待ち構えるパートナーに満面の笑みで歩み寄り、二人の間に固い握手が交わされた。歴史的な第三回の南北首脳会談である。気持ちが高ぶらないわけはない。

でも、どこか芯の部分では冷めている。喩えて言えば、体の表面は感情の高ぶりで熱いのに、深部は熱を受け付けないほど冷めているのだ。

しかし、二〇〇〇年六月のときは違っていた。身も心も、体の芯から突きあげるような感激で、私は涙に咽《むせ》び、亡くなった父と闘病中だった無二の友の名前を何度も反芻していたのである。万感の思いがこみあげ、報われた気持ちでいっぱいだった。朝鮮戦争の年に生まれ、そして齢五〇を目前に、「終わらない戦争」の終わりを見届けられるかもしれないと思ったのだ。

専用機のタラップをゆっくりとした足取りで降りてくる金大中大統領と、タラップの下で出迎える二代目の北朝鮮の独裁者。周りを埋め尽くす、声を嗄《か》らして歓迎の言葉を連呼する北朝鮮の群衆。その光景を見ながら、若かった学生のころの思い出が、私の頭のなかで走馬灯のように回転していた。

当時の韓国中央情報部の要員によって白昼、都内のホテルから拉致された、韓国民主化の悲劇の政治家と呼ばれた金大中氏。ささやかながら、彼の現状回復を願って銀座・数寄屋橋でハンガーストライキに身を投じた私にとって、金大中氏は特別だった。その金大中氏が、韓国大統領になり、史上初めて平壌《ピョンヤン》の地を踏むことになったのである。歴史の因果というものを感じざるをえなかった。

金大中拉致事件からほぼ三〇年、朝鮮戦争からはちょうど半世紀が経ち、私は国立大学の教授になり、メディアで論客の一人として知られるようになっていた。そして二人の子供に恵まれ、順風満帆の人生を歩んでいるように見えたはずだ。しかし、父と母に、恩師に、無二の友に先立たれ、そしてメンタルな病を抱えた息子と向き合い、心のどこかに空虚感が漂っていた。

救いは妻の愛情だった。二人の間に隙間風が吹くことも稀ではなかったが、それでも彼女の献身的な支えがなかったならば、私の心はもっとささくれだっていたに違いない。五十路《いそじ》を迎え、「天命を知る」知命の年齢になったにもかかわらず、私は迷路のなかで立ち竦んでいたのである。そして南北首脳会談は、地べたにうずくまる罪多き凡夫に「歴史の天使」が舞い降りてきたような一瞬だった。

さらにそれから、かれこれ二〇年近くの月日が流れた。私は古希に近づき、家族も、社会も、そして世界も変わった。

何よりも、溺愛した一人息子は、今はいない。子に先立たれた親の悲哀は、言葉には尽くせない。死児の齢を数えることも苦しく、ただ忘却にすがろうとするだけだった。でもそうすればするほど、愛する者の記憶の輪郭は際立ってくる。

東日本大震災がもたらしたおびただしい数の死者と残された者の喪失感に我が身を重ね

合わせ、私は高度成長に彩られた「戦後の申し子」のような時代が確実に終わったと実感せざるをえなかった。

社会の空気は大きく変わり、閉塞感が漂うとともに、分断と敵対の感情が抜き身で露出するようなシーンが稀ではなくなり、少数者に向けられる「ヘイト」も、日常のありふれた光景になっていた。そこには拉致問題というおぞましい国家犯罪の衝撃と、過去の歴史を巡る日韓の確執が暗い影を投じていたのである。

新しい世紀の楽観的な空気は消え失せ、冷笑的な無力感の漂う、不安と隣り合わせの平穏が、見えない皮膜のように社会を覆うようになっていた。

そして私も変わっていた。見たいもの、知りたいもの、感じたいものだけでなく、その反対に見たくないもの、知りたくもないもの、感じたくもないものをたくさん見、知り、感じたせいか、どこか「すれっからし」になっていたのである。

ギリシア神話の「シーシュポスの岩」にあるように、岩を山頂に必死の思いで押しあげても、あと少しで山頂に届くというところで岩はその重みで底まで転げ落ち、ふたたび、一からやり直して、山頂まで押しあげたと思ったら、またしても岩は底へ転がり落ち、また元に戻って岩を押しあげていく……。この繰り返し、この永遠に終わることのない苦行が、人の一生であり、人間の歴史ではないか。

そうした思いが、今の私の心境である。楽天的に理想や幸福を寿《ことほ》ぐことはできなくなっていたのである。

しかし、他方で、徒労とわかっていても、それでも一歩でも岩を上へ押しあげていく作業を続けていくしか、他に道はない。そんな開き直りとも、決意ともとれる覚悟のようなものが、私のなかに揺らめいていた。

歴史的な南北首脳会談、そしてそれを道案内とする米朝首脳会談。それらは、単なる国際政治の事件にとどまらず、大袈裟《おおげさ》に言えば、私の一生の意味とかかわっている。朝鮮戦争の年に生まれ、その戦争の終結をこの目で確かめられれば、私は、戦争と平和の間を生き抜いたことになる。そう思うと、静かな高揚感が私のなかに広がっていくのがわかる。それは、目を閉じるそのときまで、「シーシュポスの徒労」が続くに違いないという、達観を伴った覚悟のようなものである。

「一生懸命、生きる場所が故郷たい」

半ば憂い顔でアリランを歌っていた、母の姿が思い浮かぶ。

「青い夜空は星の海よ、人の心は悩みの海よ」

私たちは、悩みながら、途上を生きるしかないのだ。そして、途上の人生を生き抜く、それにふさわしい場所こそ、故郷というものではないか。私は、そう思うようになった。自分が生まれた場所、育った場所だけが故郷ではない。むしろ、終わることのない途上を生き抜こうと決心すれば、どんな場所も故郷になるのである。

母がそうだった。

私は、母に対して、「あなたの故郷はどこなのですか」と、あらたまって聞いたことはない。しかし、晩年の彼女は、もはや、自分の生まれた場所、幼少期を過ごした場所に帰りたいとは、言わなくなっていた。

「ここが故郷たい。ここで一生懸命生きてきたとだけん。一生懸命、生きる場所が故郷たい。そがんだろ」

母の言葉には、一抹の寂しさとともに、ここまで歩んできた道のりへの、限りない矜持の念が宿っていた。自分は生きた、生き抜いたという自負が、母の表情に溢れていたのである。

しかし、そこには孤独の影もさしていた。父を亡くしたときの母の悲しみと落胆ぶりは、尋常ではなかった。激しい慟哭が全身を突きあげるように襲い、母はただ悲嘆にくれ、泣き続けた。夫婦というものの因果の深さ、その運命的な絆に、粛然とせざるをえなかった。

「人はね、裸で生まれて、裸で死んでいくと。お父さんもそうだったし、私もたい」

母の言葉には生きることを共有しえても、その誕生も終わりも、別々たらざるをえない人間の因果が表されていた。父をはじめ、自分と同時代を生きたかけがえのない人びとはもういない。達成感と孤独感。それらが、形影相伴いながら、晩年の母の「終活」を彩っていたのである。

生涯の伴侶を亡くし、孤影悄然としながら、人生の円環を閉じるように旅立った母と違って、私は、今でも夫婦という間柄を生きている。だが、二人とも、永遠に生きられるわけではない。私も、そして妻も、母と同じ軌跡を辿ろうとしているのだという、予感めいたものが芽生えつつある。父と母がそうであったように、私たちの間にも、さまざまな陰影が去来してきた。血の繋がりがないにもかかわらず、夫婦ほど、人間の感情の襞《ひだ》の隅々までが見えてしまう関係は他にはないに違いない。

それでも、いずれ一人になるのだ。

私たちは、いま「終活」に向けて、その準備の季節を迎えつつある。今にして思えば、「山」に棲もうと思い立ったのも、孤独が際立つ都会ではなく、孤独を愉しみながら、生きることを分かち合い、そして、別々の最期を迎えるための、絶妙な距離感を求めていたからだ。

「一生懸命生き抜いた。もうよかばい。よう頑張った」

高原の庭のある終の住処で、私はそう自分に言って聞かせる時が来ることを、孤独の影を感じながら楽しみにしているのである。

あとがき

人の情けと「食」。本書を書きながら、いつも思い浮かべていた母の言葉である。生きるとは「食べる」ことであり、貧しかった時代、食べるものにありつくために人の情け、憐憫の情にすがらざるをえなかった母にとって、情のあるなしは、人を見極める拠り所になっていた。貧しさから解き放たれ、飽食の時代になっても、母は人の情けと憐れと「食」にこだわり続けた人だった。時代が移ろい、環境が変わっても、人の情けと憐れと「食」の三位一体は、母の人生そのものであったし、母の教えはそれらに集約されている。

中年を過ぎ、家族に恵まれ、そこそこの社会的な地位も得た私は、いつの間にか、母の教えから遠ざかっていた。なぜなら、母の教えは、貧しさが習い性になっていた時代の、過去の遺産のように思えたからである。それは、辛かった時代を懐旧的に思い出す縁《よすが》ではあっても、現在《いま》を生きる自分たちにとっては、旧びた「時代もの」のように思えてならなかったのである。

だが、皮肉にも、母の記憶が少しずつ薄れ、懐かしい追慕の対象になりつつあったちょうどそのころ、私はふたたび母の教えに引き戻されることになった。

最愛の息子の死という悲劇に見舞われ、私は自分が生まれた日さえ呪いたくなっていた。黒い太陽に閉ざされた世界にいるようで、私は半ば生ける屍だった。死が生を侵食しつつある、そうした感覚がジワリと広がっていくようだった。

しかし、そう感じながら、私は生が死に勝っていることを自覚せざるをえなかった。

悲しさのあまり、一滴の水も、一粒の米も喉を通らないと思っていたのに、気がつけば、私は食べていたのだ。生きる気力をなくしながらも、確かに口を動かし、歯で噛みきり、硬い繊維質のものすら喉の奥に流しこんでいたのだ。

「人間はどがんときでも食べんと。生きとるなら食べるとたい。食べたら尻から出すとばい。どがん辛かこつがあっても、生きとる限り、そがんするとだけん」

母がまるで耳元で囁いているかのように、母の教えが蘇ってきたのである。私の消沈した姿は、情けなく、憐れであったに違いない。私は人生で初めて、そのような姿を曝け出すことになったのである。それは、私のなかの驕慢《きようまん》や矜持が霞のように消えてなくなり、ただの憐れな父親となったことを意味していた。

と同時に、私はそれでも、食べることを止めてはいなかった。排泄《はいせつ》することを止めてはいなかったのである。死の誘惑より、生きることへの意欲が勝っていたのだ。

還暦を過ぎるころに、ふたたび母の教えに出会ったように思えたとき、大地震と津波、原発事故が連続し、巨大な悲劇が数多くの無辜の人びとを襲った。そして生き残った者も、一個のおにぎりを巡る人の情けと憐れに心を寄せただろう。生きることは「食べる」ことであり、「食」が続く限り、人は生き、地域も生きていくことを痛感したに違いない。私も、多くの被災地や汚染地域を歩きながら、あらためて母の教えに想いを馳せることになったのである。

現在《いま》、私は母の教えをふたたび嚙みしめながら、「高原好日」のなか、白秋の終わりを迎えている。人生の深い滋味を味わい尽くせるほど恬淡とした境地でいるわけではない。まだ、青春の炎が残り火のように燃えているのである。

それでも、一歩引いた距離感で激動する世界の出来事を見つめ、過去と現在を往還しながら、晴耕雨読を愉しみ、時には「孤独のゴルフ」に興じ、「終活」への静かな歩みを開始した。

「わたしゃ、幸せだろかね」

母の問いをなぞり、「幸せたい」と半ば自分に言い聞かせるようにして、私は人生という旅の途上を生きている。本書を書き終えて、私はますます、母の教えの深い意味に気づかされたのである。

最後に、企画から編集に至るまで、集英社新書編集長の落合勝人さんのお力添えがなかったら、本書が日の目を見ることはなかったはずだ。ミリオンセラーとなった『悩む力』から一〇年、落合さんは、編集者としての優れた才覚を本書に惜しむことなく注いでくれた。そして二〇歳近く年下であるにもかかわらず、私にとって同時代の伴走者であり、かけがえのない助言者でもある。心から謝辞を捧げたい。

また本書は、落合さんの薫陶のもと、細部にわたって行き届いた編集作業に精を出してくれた石戸谷奎さんのご尽力がなかったら、このような体裁で読者の目に触れることはなかったかもしれない。石戸谷さんにも心より感謝したい。

二〇一八年九月

姜尚中

姜尚中（カン サンジュン）

一九五〇年生まれ。政治学者。東京大学名誉教授。著書は一〇〇万部超のベストセラー『悩む力』とその続編『続・悩む力』のほか、『ナショナリズム』『日朝関係の克服』『在日』『姜尚中の政治学入門』『リーダーは半歩前を歩け』『あなたは誰？私はここにいる』『心の力』『悪の力』『漱石のことば』『維新の影』など多数。小説作品に『母―オモニ―』『心』がある。

母《はは》の教《おし》え 10年後《ねんご》の『悩《なや》む力《ちから》』　集英社新書〇九五三C

二〇一八年一〇月二二日 第一刷発行

著者……姜尚中《カン サンジュン》
発行者……茨木政彦
発行所……株式会社集英社
東京都千代田区一ツ橋二-五-一〇 郵便番号一〇一-八〇五〇
電話 〇三-三二三〇-六三九一（編集部）
〇三-三二三〇-六〇八〇（読者係）
〇三-三二三〇-六三九三（販売部）書店専用

装幀……原 研哉
印刷所……凸版印刷株式会社
製本所……加藤製本株式会社

定価はカバーに表示してあります。

ISBN 978-4-08-721053-8 C0236

Printed in Japan

集英社　姜尚中の既刊本

『ナショナリズムの克服』　姜尚中　森巣博

政治学者と博奕打ちという異色コンビによる、ナショナリズム理解の最良の入門書。

『増補版　日朝関係の克服――最後の冷戦地帯と六者協議』　姜尚中

第二次大戦後の朝鮮半島の歴史を概観し、日米安保体制に代わる平和秩序のモデルを提示。

『デモクラシーの冒険』　姜尚中　テッサ・モーリス-スズキ

日豪屈指の知性が、グローバル権力への抵抗を模索した、21世紀のデモクラシー論。

『姜尚中の政治学入門』　姜尚中

政治を考える上で外せない七つのキーワードを平易に解説。著者初の政治学入門書。

『ニッポン・サバイバル――不確かな時代を生き抜く10のヒント』　姜尚中

幅広い年齢層からの10の質問に答える形で示される、現代日本で生き抜くための方法論。

『悩む力』　姜尚中

悩みを手放さずに真の強さを摑み取る生き方を提唱した、100万部超の大ベストセラー。